Lazarilho

TRADUÇÃO E ADAPTAÇÃO:
LIGIA CADEMARTORI

ILUSTRAÇÕES:
PAULA MASTROBERTI

1ª EDIÇÃO

FTD

SÃO PAULO – 2006

EDITORA FTD S.A.
Matriz: Rua Rui Barbosa, 156 (Bela Vista) São Paulo – SP
CEP 01326-010 – Tel. (0xx11) 3253-5011 – Fax (0xx11) 3284-8500 r. 282
Caixa Postal 65149 – CEP da Caixa Postal 01390-970
Internet: http://www.ftd.com.br
E-mail: projetos@ftd.com.br

Editora Ceciliany Alves
Editor assistente Luís Camargo
Preparadores e revisores de texto Adolfo José Facchini
Elvira Rocha
Maria Clara Barcellos Fontanella
Editor de arte Roque Michel Jr.
Projeto gráfico (capa e miolo) Omar Grassetti
Ilustradora Paula Mastroberti
Diagramador Herbert Tsuji da Silva
Assistente editorial Vânia Aparecida dos Santos
Digitadora Maria Lamano
Editoração eletrônica
Coordenação: Carlos Rizzi
Reginaldo Soares Damasceno

Dados Internacionais de Catalogação na Publicação (CIP)
(Câmara Brasileira do Livro, SP, Brasil)

Cademartori, Ligia
Lazarilho / Anônimo ; tradução e adaptação Ligia Cademartori ; ilustrações Paula Mastroberti. — 1. ed. — São Paulo : FTD, 2006. — (Coleção grandes leituras. Clássicos universais)

Título original: Lazarilho de Tormes
Suplementado pelo manual do professor.

1. Literatura infanto-juvenil 2. Literatura picaresca espanhola I. Mastroberti, Paula. II. Título. III. Série.

06–5777 CDD-028.5

Índices para catálogo sistemático:
1. Literatura infanto-juvenil 028.5
2. Literatura juvenil 028.5

A primeira novela

Apresentação

LIGIA CADEMARTORI

LAZARILHO, ou melhor, *A vida de Lazarilho de Tormes, e de suas fortunas e adversidades*, apareceu em Burgos, na Espanha, em 1554, e marcou o nascimento de um gênero literário: a novela picaresca. Para que se tenha idéia de quanto é remota, basta pensar que Cervantes, criador do romance moderno, nasceu em 1547 – tinha, portanto, sete anos, quando a história de Lazarilho veio a público – e sua obra magistral, *Dom Quixote de la Mancha*, só seria publicada em 1605.

Não se sabe quem é o autor de *Lazarilho*. Suposições houve muitas, mas nenhuma convincente a ponto de descartar as demais. Se o ano em que começou a circular, em Burgos e, depois, em Medina del Campo, Alcalá de Henares e Antuérpia – a Bélgica estava, então, sob o domínio espanhol – é conhecido, não é possível afirmar com precisão quando foi escrita essa história cativante. Narrada com leveza e vivacidade, é a primeira novela da literatura ocidental, permanece legível até hoje e mantém inabalável a capacidade de divertir e comover.

Na época em que surgiu, predominavam os relatos sentimentais e de cavalaria em torno de personagens heróicos e de origem nobre. Neles, o bem triunfava sempre; o mal era castigado. A origem de Lázaro, porém, nada tem de nobre. O pai era um moleiro ladrão e a mãe fazia o que podia para sobreviver, sem preocupações com a virtude. Tais pais, tal filho. O menino é um pícaro, sujeito que, sendo pobre, recorre a ardis e espertezas para conseguir alguma vantagem sobre os que têm mais do que ele.

A trajetória desse guia de cego é marcada pela miséria. Mas o menino responde a ela com astúcia, única arma de que dispõe para enfrentar as dificuldades. Lázaro acaba encontrando uma forma de vida em que prevalece a ambigüidade e o relativismo, como você vai constatar no *Tratado sétimo*.

A ação se desenvolve em uma Espanha que vivia período de poder e glória, graças às conquistas na América, mas que enfrentava também dificuldades econômicas. As classes mais pobres eram as mais afetadas. A obra mostra a fome no campo e na cidade e faz crítica contundente às classes abastadas. Que consiga fazê-lo em relato cheio de humor é uma de suas particularidades.

O drama de Lázaro é de ordem material e não psicológica. É a pobreza que aproxima mentira e inocência numa atmosfera de amoralidade imposta pela extrema carência. O narrador não alimenta ilusões a respeito do homem e da moral, quando surge a fome e não há o que comer.

Nem tudo que é apresentado como novela, de fato, o é. Mas em *Lazarilho*, obra que inaugura o gênero, as características novelescas são muito nítidas. A história gira em torno das aventuras e desventuras do personagem principal. Divide-se em núcleos, aqui chamados tratados, correspondentes a diferentes episódios na vida de Lázaro, que, além de guia de cego, foi servo de um padre, de um fidalgo faminto e orgulhoso, de um vendedor de indulgências, de um capelão. Relata seu nascimento, mas desenvolve-se a partir do momento em que o menino se vê só no mundo. Traça seu percurso até o casamento e a conquista de certa estabilidade.

Descreve o personagem com economia de traços. Lázaro age de acordo com seus impulsos. O narrador dirige-se ao leitor no tom coloquial e fluente de uma conversa amena. As falas se sucedem com espontaneidade. Relato ágil, explora a curiosidade sobre o que acontecerá a seguir com o protagonista. Observe que, quando o suspense gerado por uma situação se desfaz, o novelista arma logo outro. Assim vai até o capítulo final. Graças a essa estratégia, não largamos o livro antes da conclusão.

Mesmo nas situações cruéis, estão presentes o humor e o ridículo. O propósito de divertir acompanha a intenção de dar a conhecer não só uma condição social, mas uma circunstância humana.

Na tradução, o castelhano quinhentista foi adaptado ao português de hoje, modo de tornar possível um primeiro encontro com a obra. É possível que o leitor, depois desse primeiro contato, volte, mais tarde, a ela em traduções que mantêm a presença dos arcaísmos do original.

Sumário

Prólogo

SOU de opinião que coisas importantes, caso ainda não tenham sido vistas nem ouvidas, devem ficar conhecidas e não cair no esquecimento. Pode ser que, lendo a respeito, alguns encontrem na história algo que lhes agrade. E outros, os que lêem por cima, sem profundidade, podem até divertir-se. Pois é como disse Plínio: "não há livro tão mau que nada tenha de bom".[1]

[1] **Plínio** – O escritor romano Plínio, o Moço (nascido em 61 ou 62 e falecido em 113 d.C.), conta, em uma carta (livro III, carta V), que seu tio Plínio, o Velho (23-79 d.C.), sempre lia tomando notas e que costumava dizer que não havia livro tão ruim que não tivesse algum trecho bom.

Além disso, os gostos não são iguais. O que certas pessoas não comem de jeito nenhum, para outras é gostosura. Se alguém despreza, não falta quem aprecie.

Por isso, nada se deve omitir nem esconder, principalmente se não causar dano. Quem sabe, dela se possa tirar algum fruto.

Se assim não fosse, não se escreveriam livros, que dão enorme trabalho. Na verdade, quem escreve deseja ser compensado, embora não com dinheiro. Espera que seus livros sejam lidos e, se possível, elogiados. "A honra é que alimenta a arte", diz a sentença de Túlio.[2]

O desejo de glória impele o soldado a arriscar a própria vida. No campo das artes e letras, ocorre algo parecido. Se é assim que acontece, comigo não é diferente. Não sou melhor que ninguém. Quero que leia este livrinho, escrito sem pretensão, e não vou me aborrecer se alguém se divertir ao saber como vive um homem em meio a dificuldades.

É tudo o que eu lhe peço: que leia esta história, que eu não soube nem pude escrevê-la melhor. E como quer saber tudo por inteiro, não começo pelo meio, mas conto desde o princípio, para que me conheça bem.

E aqueles que nasceram ricos saberão que não lhes devemos nada. A sorte já lhes deu tudo. Mas muito mais fez quem conseguiu a vitória sem qualquer ajuda da sorte. Os que, com garra e astúcia, remaram contra a maré e chegaram a porto seguro.

---

[2] **Túlio** – Marco Túlio Cícero, orador e escritor romano (106-43 a.C.), na obra *Debates de Túsculo*, livro I, capítulo II.

Tratado primeiro

Lázaro conta sua vida e de quem foi filho

POIS saiba que sou chamado Lázaro de Tormes, filho de Tomé Gonzáles e de Antona Perez, naturais da aldeia de Tejares, em Salamanca.[3]

Nasci dentro do rio Tormes[4], razão do meu sobrenome. Meu pai, que Deus o perdoe, trabalhou mais de quinze anos no moinho d'água que havia na margem do rio. Foi lá que, certa noite,

---

[3] **Salamanca** – Nome de província e de cidade, na região (comunidade autônoma, segundo a designação atual) de Castela e Leão, noroeste da Espanha.

[4] **Rio Tormes** – Nasce na serra de Gredos, atravessa as províncias de Ávila e de Salamanca, desemboca no rio Douro. Tem 247 km de comprimento.

estando minha mãe grávida de mim, chegou-lhe a hora do parto e eu nasci bem ali. Por isso não minto se digo que vim ao mundo no rio.

Eu já tinha uns oito anos, quando acusaram meu pai de andar metendo a mão no que não lhe pertencia, pegando para si os grãos dos que vinham moer ali. Foi preso e nada negou. Confessou e pagou por isso. Que Deus o tenha na glória como bem-aventurado.

Era época de cruzada contra os mouros. Nela partiu meu pai, desterrado, por conta do que já disse, a serviço de nobre cavalheiro, junto a quem perdeu a vida.

Minha mãe, viúva e sem abrigo, decidiu mudar-se para a cidade, onde havia gente mais rica. Alugou uma casinha e passou a cozinhar para estudantes. Também lavava a roupa de empregados da cocheira do Comendador de Madalena.

Acabou conhecendo um homem bem moreno que cuidava dos cavalos. Algumas vezes, ele aparecia à noite lá em casa e só saía pela manhã. Outras vezes, vinha de dia, com a desculpa de comprar ovos, e acabava entrando na casa. No início, eu sentia medo. O sujeito era bem feio. Mas ao perceber que, quando ele vinha, era melhor a comida, comecei a gostar dele. Trazia pão e cortes de carne e, no inverno, lenha para aquecer-nos ao fogo.

Visita vai, visita vem, minha mãe me deu um irmãozinho, negro e muito bonito, com quem eu brincava e de quem ajudava a cuidar. O menininho, porém, via a mim e à mãe, brancos, e ao pai, negro. Passou a ter medo dele. Eu era só um menino, mas, diante daquilo, pensei: "quantos homens deve haver neste mundo que temem aos outros porque não vêem a si mesmos!"

A nossa boa sorte, porém, não durou muito. Alguém foi falar de Zaide, este era o nome do pai de meu irmãozinho, na casa do comendador. Descobriram que ele roubava metade do que dizia servir aos animais. Sem falar na roupa e na lenha. E, quando não podia pegar coisa nenhuma, tirava as ferraduras dos cavalos e as vendia. Era assim que ajudava minha mãe e o pequenino.

Não fique indignado com o que o coitado fazia, movido só por amor. Gente poderosa também rouba, mas o que tira dos pobres gasta apenas em luxo.

Fui interrogado e ameaçado. Era uma criança e, com medo, contei tudo o que sabia. Falei até das ferraduras que, por ordem de minha mãe, vendera a um ferreiro. Espancaram o pobre Zaide e o prenderam. Minha mãe foi condenada e açoitada por viver com homem de religião diferente. Foi proibida de visitá-lo e de recebê-lo em casa.

Triste, ela cumpriu sua sentença. Para evitar problemas maiores, e sair da boca do povo, foi trabalhar na pousada La Solana. Foi ali que, sofrendo mil desventuras, conseguiu criar meu irmão. Ele já sabia andar e eu atendia aos hóspedes, comprando-lhes vinhos e outras coisas que pediam, quando um cego apareceu na pousada. Achando que eu podia servir-lhe como bom guia, ele foi falar com minha mãe.

– Está bem – disse ela –, Lázaro é filho de um homem bom, que morreu combatendo os mouros, em defesa de nossa fé. O filho não há de ser diferente de seu pai. Por favor, tome conta dele e o trate com bondade. É um órfão.

Respondeu-lhe o cego que sim, que me levaria como filho, e não como criado. E, assim, comecei a servir e a guiar meu novo e velho amo.

Estivemos alguns dias em Salamanca, mas, como ganhasse pouco, o cego quis ir embora.

Próxima a hora da partida, fui ver minha mãe que, chorando comigo, disse:

– Eu sei, filho, que nunca mais vou vê-lo. Procure ser bom e que Deus o guie. Já está criado e vai servir a um bom amo. Agora, só vai poder contar com você mesmo.

Fui em direção ao lugar onde o cego me esperava e saímos de Salamanca. Quando chegamos à ponte, em que há um animal de pedra com a forma de um touro, o cego me disse:

– Lázaro, se encostar o ouvido nesse touro, vai ouvir um barulhão dentro dele.

Fiz o que o cego me dizia, pensando que era verdade. Quando ele pressentiu que eu tinha posto a cabeça ao lado da pedra, desceu firme a mão e me empurrou contra ela. A batida foi tão forte, que minha cabeça ficou doendo por mais de três dias.

– Idiota – ele disse –, isso é para que aprenda que guia de cego precisa ser mais esperto do que o diabo.

E pôs-se a rir da brincadeira.

Creio que, naquele momento, acabou-se a inocência em que, como criança, eu vivia mergulhado. Disse a meus botões:

– Ele tem razão. Tenho de abrir o olho e tomar muito cuidado. Sou pequeno, não tenho ninguém por mim, preciso me defender.

Seguimos nosso caminho. Em poucos dias, meu amo me ensinou a língua que os cegos usam entre si. Também me explicou os costumes que são parte do trabalho. Ao ver que eu aprendia tudo com facilidade, me dizia, satisfeito:

– Não posso lhe dar ouro nem prata, mas conselhos para a vida vai ganhar muitos.

E assim foi. Depois de Deus, foi ele quem me deu a vida e, cego, me orientou e ensinou a andar por ela.

Estou contando histórias de quando eu era pequeno para que possa avaliar as virtudes de um pobre, quando consegue subir na vida, e a fraqueza de quem, tendo nascido rico, perde tudo por agir de modo errado.

Voltando a meu amo e suas histórias, saiba que, desde que Deus criou o mundo, não fez ninguém mais sabido que aquele velho. No seu ramo, era o melhor. Sabia de memória mais de cem orações. Recitava-as na igreja, em tom baixo, voz suave, ar humilde e devoto, sem as viradas de boca e de olhos que os cegos costumam fazer.

Tinha mil formas e maneiras de arrancar dinheiro dos outros. Dizia saber orações para graças especiais e resolver o problema das mulheres que não pariam, das que estavam na hora do parto e também das malcasadas, que não recebiam o devido carinho dos maridos. Às grávidas fazia previsões sobre o sexo da criança. Em caso de medicina, afirmava que Galeno[5], o grande médico grego, nunca soube a metade do que ele sabia sobre dor de dente, desmaios e inflamações em geral.

Bastava que alguém dissesse padecer de certo mal para que ouvisse: "faça isso, faça aquilo, deve colher tal erva, apanhar aquela raiz". Sempre havia gente que procurava por ele, principalmente mulheres, que acreditavam em tudo o que dizia. E ele se aproveitava. Tirava mais dinheiro delas em um mês do que cem cegos em um ano.

Mas devo dizer também que, embora ganhasse dinheiro, nunca houve na terra homem mais avarento e mesquinho

[5] **Galeno** – Viveu entre 129 e 216 d.C. Em 157 d.C., tornou-se médico-chefe dos gladiadores em Roma. Foi amigo do imperador Marco Aurélio e médico do imperador Cômodo.

que meu amo. O cego me deixava quase morto de fome. Não me dava para comer metade do que eu precisava. Vou contar a verdade: se eu não fosse esperto, tinha morrido. Por sorte, sabia como enganá-lo, de modo que, na maioria das vezes, eu me arranjava. Para isso, tinha de lhe aplicar alguns golpes. Vou contar como fazia para sobreviver, mas também que nem sempre fui eu que levei a melhor.

O velho guardava o pão, e todas as coisas que tinha, num velho saco de viagem fechado com argola de ferro e chave. Para pôr ou retirar alguma coisa dele, cercava-se de todo o cuidado, para que ninguém lhe tirasse uma migalha de pão.

As mesquinharias que me dava eu devorava em dois segundos. E, logo, o velho passava a chave no saco e, pensando que eu cuidava de outros assuntos, ficava despreocupado. Eu, então, fazia um furo no saco, que depois voltava a coser, e tirava do avarento não só pedaços de pão, mas de carne e de lingüiça. Compensava assim as durezas da vida que ele me impunha.

Pegava algumas moedas também, mas tudo o que eu podia furtar era em meia-pataca. Quando o mandavam rezar e lhe davam pataca inteira, como ele não enxergava, mal a pessoa esboçava o gesto de lhe dar a moeda, eu me adiantava, pegava e metia na boca. Alcançava ao cego outra, na metade do valor. Quando percebeu que já não pegava em pataca inteira, mas só recebia meia, ele disse:

– Mas, que diabo! Desde que está comigo só ganho meia-pataca e, antes, ganhava inteira, além de outras moedas de muito maior valor... Está me trazendo azar!

E, aí, já abreviava a oração ou deixava pela metade. Tinha combinado comigo que, caso fosse embora a pessoa que tinha encomendado a reza, eu lhe avisasse, puxando a ponta da capa. Assim, não perdia mais tempo. Então, se o pagante tivesse partido, ele já se ocupava com outros possíveis fregueses, dizendo:

– Quem quer encomendar uma oração? Quem precisa de uma reza especial?

Quando comíamos, era costume do velho ter ao lado uma jarrinha de vinho. Sempre que podia, eu a apanhava, dava duas rápidas bicadas e a devolvia ao lugar. O truque não durou por muito tempo. Ele logo percebeu o que estava acontecendo e, para o vinho ficar a salvo, passou a manter o jarro ainda mais perto do corpo. Além disso, segurava a asa.

O que o cego não sabia é que, para esse caso, eu já tinha me preparado com uma palha comprida de centeio. Eu a enfiava no jarro e bebia quanto vinho me aprouvesse. Mas o velho não era bobo. Acho que ouviu o ruído e mudou de estratégia. Passou a pôr o jarro sobre as pernas e a deixar a mão em cima. Assim, bebia tranqüilo.

Eu que, desde pequeno, fora acostumado a beber vinho, morria de vontade de tomar uns goles. Como o recurso do canudo já não servia, inventei outro.

Fiz um buraquinho no fundo do jarro. Depois, com um poucadinho de cera, deixava-o fechado. Quando era hora de comer, eu fingia sentir frio. Sentava entre as pernas do cego, com o pretexto de me aquecer perto do foguinho que acendíamos. Como o calor do fogo, lentamente, derretia a cera do orifício, o vinho pingava em gotas direto na minha boca.

Quando o velho ia beber, não tinha nada. Não conseguia entender, maldizia-se e mandava ao diabo o jarro e o vinho, perguntando como podia acontecer uma coisa daquelas.

– Não pode dizer – eu apelava – que sou eu que bebo o vinho. Como posso, se nunca tira a mão de cima?!

Mas tanto o velho girou e apalpou o jarro, que acabou encontrando o buraquinho. Descobriu, então, de que modo era enganado, mas não disse nada.

No dia seguinte, sem imaginar o mal que me esperava nem suspeitar que o maldito cego sabia de tudo, sentei, como vinha fazendo, entre as pernas dele. E estava sorvendo o delicioso vinho, com o rosto voltado ao céu e os olhos meio fechados, para melhor desfrutar a bebida, quando o mesquinho achou que era chegada a hora da vingança e sua vez de rir também.

Com as duas mãos e a força toda, ergueu aquele doce e amargo jarro o mais alto que pôde. E, então, deixou-o cair bem em cima da minha boca. De modo que eu, pobre Lázaro, que jamais esperava uma coisa dessas, e estava, como das outras vezes, descontraído e contente, tive a impressão de que, de repente, o céu, com tudo o que nele havia, desabava sobre mim.

A pancada foi tão forte, que rolei no chão. O rosto, coberto de pedaços de jarra, ficou cheio de cortes. E ainda quebrei uns dentes sem os quais estou até hoje.

Dali em diante, peguei raiva do cego. Ainda que ele dissesse gostar de mim e ter cuidados comigo, eu sabia quanto tinha se divertido com o castigo cruel. Lavou com o próprio vinho os cortes que os cacos do jarro haviam feito e, com sorriso nos lábios, disse:

– O que acha disto, Lázaro? O que, antes, lhe fez mal, agora, cura e dá saúde.

E fazia outras gracinhas que, para mim, nada tinham de engraçadas.

Levou dias para que, recuperado, eu me sentisse melhor. Mas não conseguia esquecer o que tinha acontecido. Até tentei perdoar o velho pela pancada que me dera. Mas os maus-tratos que, a partir de então, me infligia – falando comigo aos gritos e me batendo, sem razão nenhuma – não permitiam que o perdoasse.

E se alguém perguntasse por que era tão duro comigo, contava a história do jarro e dizia:

– Acha que ele é bonzinho, que esse aí é inocente? Pois vou contar o que fez esse filho do demônio...

Depois de ouvir a história, as pessoas comentavam:

– Mas quem diria que um menino tão pequeno fosse assim tão endiabrado?

Riam, mas não deixavam de dizer:

– É, precisa ser castigado.

E eu era. O velho prosseguia com os maus-tratos. De minha parte, eu o guiava pelos piores caminhos que encontrava, só para que ele sofresse. Se havia pedras, era pelas pedras que eu ia. Se havia lama, enveredava por onde fosse mais funda. É claro que, assim agindo, eu também tinha de andar pelos caminhos difíceis. Mas não importava o meu sacrifício, contanto que o dele fosse maior.

Ele ameaçava me dar pancadas na nuca, que ficava à altura de seu bordão e que, por isso, vivia sempre inchada. Eu, então, jurava que, se o levava por tais caminhos, não era por querer, mas por não existirem outros em melhores condições. O velho, porém, era astuto e não acreditava na minha explicação.

Para que veja até onde ia a inteligência do velho, vou contar um outro caso que me aconteceu com ele. Quando saímos de Salamanca, o velho quis ir para as terras de

Toledo[6] porque, dizia, o povo era mais rico, embora menos generoso. E repetia o ditado: mais dá o ruim que o pelado.

Traçávamos nosso percurso escolhendo os lugares que mais poderiam render. Onde encontrávamos boa acolhida e dinheiro, lá ficávamos. Senão, no terceiro dia íamos embora atrás de melhor destino.

Aconteceu chegarmos a um lugar chamado Almorox[7], em plena colheita da uva. Um homem, que trabalhava na vindima, deu ao cego um cacho como esmola. Como as uvas estavam muito maduras, o velho sabia que não podia ficar com o cacho na mão nem guardá-lo no saco. Ia acabar desmanchado.

Resolveu me compensar, pelos muitos golpes que já tinha me dado naquele dia, e me dar contentamento, dividindo as frutas comigo. Sentamos sob uma árvore e ele disse:

– Olhe, Lázaro, vou ser bom com você. Nós vamos comer juntos este cacho de uvas. Metade para cada um. Vamos dividi-lo da seguinte maneira: você pega uma uva e eu, outra. Mas tem que apanhar só uma uva de cada vez. Eu faço o mesmo, até que o cacho acabe. Fazendo assim, ninguém engana ninguém.

Feito o acordo, começamos a comer. Mas o velho logo passou a apanhar as uvas de duas em duas, pensando que eu fazia o mesmo. Ao ver que o cego mudara de idéia, mudei a minha também. Fui pegando de duas em duas, de três em três, comia quanto podia.

---

[6] **Toledo** – Cidade na região central da Espanha, hoje capital da província homônima e da comunidade autônoma de Castela-La Mancha. Fica à margem direita do rio Tejo (na Espanha, Tajo).

[7] **Almorox** – Município na província de Toledo, na atual comunidade autônoma de Castela-La Mancha.

Acabadas as uvas, com o cacho sem frutas na mão, meu amo balançou a cabeça e disse:

– Lázaro, você me enganou. Pegou as uvas de três em três.

– Eu, não! Por que diz uma coisa dessas?

– Sabe como sei que comia de três em três? Porque me viu comer de duas em duas e ficou calado.

Fiquei rindo em silêncio e reconheci a sabedoria do velho.

Para que este relato não fique demasiado longo, não vou contar outras histórias semelhantes, que me aconteceram enquanto andava com meu primeiro amo. Prefiro contar como me despedi dele.

Estávamos em uma pousada em Escalona[8], quando o cego me deu um pedaço de lingüiça e disse:

– Lázaro, ponha esta lingüiça no fogo para assar. Tome este dinheiro e vá à taverna comprar vinho para eu beber com o jantar.

É mesmo como se diz: a ocasião faz o ladrão. Havia, perto do fogo, um nabo pequeno e feio que, por não prestar ao cozido, tinha ficado jogado. Estávamos só eu e o velho. Eu, com uma fome enorme, sentia aquele maravilhoso cheiro de lingüiça e sabia que era só isso o que eu iria desfrutar. A menos que fizesse alguma coisa.

Olhei para um lado, olhei para o outro. Não vinha ninguém. Estávamos os dois sozinhos. Nem cheguei a pensar no que poderia me acontecer. Que o medo viesse depois de satisfeito o desejo. Enquanto o cego retirava o dinheiro da bolsa, peguei a lingüiça e, rápido, apanhei o nabo e coloquei para assar.

---

[8] **Escalona** – Município na província de Toledo, na atual comunidade autônoma de Castela-La Mancha.

O velho me deu o dinheiro para o vinho e começou a girar o espeto com o nabo sobre o fogo, ocupado em assar o que, por já estar estragado, tinham jogado fora.

A caminho da taverna, devorei a lingüiça. Quando voltei, encontrei a peste do cego com dois pedaços de pão nas mãos e, entre eles, o nabo. Ainda não tinha percebido nada. Enfiou, então, o pão na boca, esperando saborear a lingüiça, mas o que mordeu foi o nabo.

– O que é isso, Lazarilho?

– Ah, eu não sei de nada – respondi. – Não pode me culpar. Não me mandou comprar vinho? Alguém que esteve aqui foi quem fez a brincadeira.

– Não, não – disse ele –, pois eu não soltei o espeto nem por um instante. Não é possível.

Jurei e perjurei que não tinha culpa alguma, mas de nada me adiantou. Não se enganava o velho facilmente. Ele se levantou, agarrou a minha cabeça e começou a me cheirar. Deve ter sentido meu hálito e, para não ficar em dúvida, ansioso do jeito que estava, o desatinado pôs as mãos na minha boca e abriu-a.

Enfiou dentro dela o nariz, que era muito comprido e, com a raiva, tinha ficado maior. Com tamanho desconforto, com o medo que sentia – não esqueça que há pouco tinha engolido a lingüiça e ainda não a digerira – e o nariz do velho me sufocando, tudo somado fez com que o seu voltasse a seu dono.

Antes que o velho cruel retirasse aquela tromba de dentro da minha boca, revirou-se o meu estômago e devolvi a lingüiça. Ai, meu Deus, não sabe o que aconteceu. Foi tal a fúria do malvado, que, se clientes da pousada não acudissem, eu não saía com vida. Tiveram de me arrancar das mãos dele, que ficaram cheias dos ralos cabelos que eu tinha. O velho acabou com o rosto arranhado e o pescoço cheio de unhadas! E foi bem feito!

A quem se aproximava ele repetia as minhas histórias: a do jarro, a do cacho de uvas e a que acabara de acontecer. Os ouvintes riam tanto e tão alto, que quem passava na rua entrava, pensando que havia festa. Com tanto estilo e graça o cego recontava minhas façanhas que até eu, que estava ferido e choroso, apreciava o modo como entretinha a platéia.

De repente, percebi o idiota que eu tinha sido e cheguei a me maldizer. Por que não tinha deixado o velho sem nariz, quando tive tempo para fazê-lo e estava com meio caminho andado? Bastava ter apertado os dentes e arrancava um pedaço da ruindade. Quisera Deus eu tivesse dado o troco e a história acabasse assim. Teria sido melhor.

A dona da pousada e o pessoal que por ali estava acabaram nossos amigos e, com o vinho que eu tinha trazido, lavaram-me o rosto e a boca. O velho achou que cabia fazer mais gracinhas e continuou:

– A verdade é que esse menino me faz gastar mais vinho em um ano do que eu bebo em dois. Ai, Lazarilho, você deve ao vinho mais do que a seu próprio pai. Ele lhe deu a vida uma vez só, o vinho, mil. Ouve bem o que eu lhe digo, se algum homem no mundo pode ter sorte com o vinho no futuro, é você.

As pessoas que me lavavam riam muito, enquanto eu protestava. Mas a previsão do cego estava certa e, mais tarde, muitas vezes, lembrei-me daquele homem que, sem dúvida, devia ter o dom da profecia. Até lamento as peças que lhe preguei, embora tenha pago bem caro por elas. Pois o que me disse naquele dia acabou sendo verdade, como mais adiante vai saber.

Diante de tudo o que o cego me fazia, decidi deixá-lo. Há tempo vinha com essa idéia na cabeça e o último episódio serviu para me convencer de uma vez.

No dia seguinte, fomos à cidade pedir esmola. Tinha chovido muito na noite anterior. E como continuava chovendo, o velho ficou rezando para seus clientes debaixo da área coberta de um prédio que, naquela cidade, eram muitas. Assim, não ficávamos molhados. Mas anoitecia e a chuva não parava.

– Lázaro – disse o cego –, cai muita água e, quanto mais tarde for, mais forte vai ficar. É melhor nos recolhermos à pousada em tempo.

Para chegar lá, tínhamos de atravessar um riacho que, depois de tanta chuva, estava cheio.

– O riacho subiu muito – disse a ele. – Se quiser, vou procurar uma passagem mais estreita para podermos atravessar de um salto, sem precisar molhar os pés.

Ele achou boa a idéia.

– É inteligente, Lazarilho – respondeu –, e por isso lhe quero bem. Guie-me a esse lugar onde o riacho se estreita, pois estamos no inverno e quero me proteger da água. Principalmente, não quero ficar com os pés molhados.

Vi que a hora era aquela. Saímos da área coberta e leveio direto a uma coluna de pedra que havia na praça e que, junto com outras, sustentava as sacadas daquelas casas.

– Esta é a passagem mais estreita do riacho – eu disse.

Como chovia muito, o velho estava molhado. É verdade que tinha pressa em sair de baixo de tanta água. Porém, mais do que nada, foi Deus que, naquele momento, lhe embotou a inteligência, para eu poder me vingar. O cego acreditou em mim e disse:

– Lázaro, ponha-me na posição certa e salte primeiro.

Eu o pus bem na frente do poste e saltei para o lado. Como quem aguarda o touro, orientei o velho:

– Pronto. Agora, dê o maior salto que puder, para não cair dentro d'água.

Mal tinha acabado de falar, o cego deu um passo atrás, para ganhar impulso, e arremeteu com toda a força. Deu com a cabeça no poste, e a pancada fez um barulho enorme. O velho caiu para trás, meio morto e com a cabeça partida.

– Mas o que é isso?! – disse eu. – Conseguiu sentir o cheiro da lingüiça e não sentiu o do poste? Cheire agora, cheire.

E ali eu o deixei, cercado por uma porção de gente que veio socorrê-lo. Corri em direção à saída da cidade e, antes que anoitecesse, tinha chegado a Torrijos. Nunca mais soube do velho nem procurei saber.

Tratado segundo

Como Lázaro foi viver com um padre e as coisas que passou com ele.

NO DIA seguinte, como não me sentia seguro, fui para outro lugar, chamado Maqueda, onde, por azar, encontrei um padre. Quando lhe pedi dinheiro, ele me perguntou se eu sabia ajudar a rezar a missa. Disse que sim, e era verdade. Embora me maltratasse, o maldito cego tinha me ensinado mil coisas boas. Uma era essa. O clérigo, então, me tomou como criado.

Escapei da cruz e caí na caldeirinha. Perto desse novo amo, o antigo era Alexandre Magno, por mais mesquinho que fosse. Basta que lhes diga isto: todas as coisas ruins que existem neste mundo estavam dentro do sujeito. Não sei se as trazia de nascença ou se as havia adquirido a certa altura da vida.

Tinha uma arca grande e velha, que mantinha sempre fechada, e trazia a chave pendurada à cinta. Quando acabava de rezar a missa, guardava na arca o pão que as mulheres davam à igreja e voltava a fechá-la à chave.

No resto da casa, nada havia para comer. Era muito diferente de outras casas, onde sempre se vê pendurada alguma carne de porco salgada, onde sempre há porção de queijo sobre a tábua ou se pode encontrar, no armário, cesto com sobras de pão. Falo de qualquer coisa que, mesmo sem desfrutar, me servisse de consolo.

O único alimento que havia, num cômodo que ficava no alto da casa e que estava sempre trancado, eram cebolas. Eu podia comer uma a cada quatro dias. Quando pedia a chave a meu amo, para apanhar uma delas, se houvesse alguém por perto, ao me dar a chave, ele dizia:

– Pegue, mas traga logo de volta, que comer demais não é bom.

Quem o ouvisse pensava haver no tal quarto as delícias de Valência[9] e não, como já disse, apenas as malditas cebolas penduradas num prego. Além disso, ele as tinha contadas, de modo que, se eu caísse na besteira de comer além da quota, pagaria caro por isso. Não é preciso dizer que, naquela casa, eu morria de fome.

Se comigo o tal padre não tinha caridade, consigo próprio era muito generoso. Consumia boa porção de carne no almoço e no jantar. É verdade que dividíamos o caldo, mas, na carne, eu jamais punha os dentes. Ele só me dava um pouco de pão.

---

[9] **Valência** – Cidade no leste da Espanha. Hoje, capital da província homônima e da Comunidade Valenciana.

Aos sábados, como era hábito da terra comer cabeças de carneiro, ele me mandava comprar uma. Cozinhava e comia olhos, língua, cangote, miolos e mais a carne que havia na queixada. Para mim, dava os ossos. Quando os atirava no meu prato, dizia:

– Tome, Lázaro, coma, aproveite. O mundo todo é seu. Melhor vida que a que leva, ninguém tem.

– Que Deus lhe dê a mesma sorte – respondia eu, em voz baixa, falando comigo mesmo.

Depois de três semanas com ele, fiquei tão fraco, que não conseguia ficar em pé, tamanha fome sentia. Não tinha dúvida de que ia morrer, se Deus e minha inteligência não me ajudassem. Mas não podia usar de nenhuma artimanha para conseguir qualquer coisa, já que nada estava a meu alcance. E, mesmo que estivesse, não esqueça que esse não era cego como o outro, Deus o perdoe se aquele poste o matou. Àquele, por mais astuto que fosse, como lhe faltava um sentido tão precioso, eu ainda podia enganar. Mas meu atual amo tinha visão aguçada como poucos.

Durante a missa, quando estávamos no momento do ofertório, não caía uma moeda no pratinho que ele não registrasse. Mantinha um olho nas pessoas e o outro nas minhas mãos. Movimentava os dois olhos sem parar. Ele sabia muito bem quantas patacas tinham caído no prato e, acabada a oferta, retirava-o de mim para pô-lo sobre o altar.

Não pude furtar do padre uma única moedinha durante o tempo todo que com ele vivi, ou melhor, morri.

Nunca me mandou comprar bebida na taverna, pois com o que retirava do vinho da missa tinha para toda a semana. E como, apesar de tudo, não queria parecer mesquinho, dizia:

– Olhe, rapaz, os sacerdotes têm de ser muito equilibrados no comer e beber. Por isso não caio em excessos, como faz muita gente.

Mentia sem o menor pudor, porque quando ia a enterros e confrarias[10], como eram outros que pagavam a comilança, comia e bebia como um lobo. Falando em enterros, Deus me perdoe, jamais fui inimigo da espécie humana, exceto quando ia a algum. Era somente nessas ocasiões que eu comia bem e me fartava. Então, desejava e rogava a Deus que todo dia morresse um. Quando dávamos os sacramentos aos doentes, em especial nos casos de extrema-unção, o padre pedia a todos que rezassem pelo enfermo e eu não rezava de jeito nenhum. Ao contrário. Com todo meu coração e a intensidade de que era capaz, pedia a Deus, não que o diabo o carregasse, como se costuma dizer, mas, apenas, que o levasse deste mundo.

Agora, quando um deles escapava, aí sim, eu o mandava mil vezes para o inferno. Mas, se morresse, partia acompanhado de milhares de bênçãos que em sua memória eu proferia.

Durante todo o tempo que por ali estive – foram quase seis meses – só vinte pessoas morreram. E essas, eu acho, fui eu que matei, ou melhor, foram as minhas preces. Pois o Senhor, ao ver o risco que eu corria, decidia matá-las para prolongar-me a vida.

Isso não era, porém, solução para o mal que eu sofria. Em dia de enterro, eu revivia. Nos demais, longe da fartura e de volta à minha fome de costume, sofria mais ainda. Desse modo, eu não encontrava consolo a não ser na morte

[10] **Confrarias** – Aqui, refere-se a reuniões de devotos pertencentes a uma mesma congregação.

dos outros e na minha, que muitas vezes eu desejava. Eu não via a morte, mas ela estava sempre em mim.

Pensei várias vezes em abandonar aquele patrão mesquinho, mas não o fazia por duas razões: a primeira, porque não podia confiar em minhas pernas, tão fracas estavam com a fome. A segunda, era por pensar assim: "Tive dois amos. O primeiro quase me matou de fome. O segundo me enfia o pé na cova. Se o terceiro for pior que os anteriores, só terá de jogar a terra em cima".

Tal pensamento me deixava sem vontade de partir. Acreditava que, de patrão em patrão, maior seria minha afli ção. E se eu descesse só mais um grauzinho naquela escala, ninguém mais no mundo ouviria falar de Lázaro de Tormes. Estava em tal aflição – que tomara ninguém jamais passe por ela –, sem saber o que fazer, mas indo de mal a pior, quando, certo dia, o malvado saiu para ir à cidade.

Bateu à porta um homem, desses que vendem facas, chaves, tesouras e ainda fazem consertos nas casas. É possível que fosse um anjo enviado para me salvar.

Perguntou se havia, na casa, algo que precisasse de conserto. Em voz baixa, respondi, sem que ele pudesse ouvir:

– Nada precisa mais de reparo que eu, pois estou quase nas últimas.

Não tinha, porém, tempo para perder com gracinhas. Como se tivesse sido iluminado, eu disse:

– Perdi a chave desta arca e, se meu amo descobrir, vai acabar comigo. Pelo amor que tenha à própria vida, peço: veja se alguma chave dessas que tem aí serve para abrir a arca. Eu pago.

O bom homem começou a experimentar, na fechadura da arca, cada uma das chaves que trazia. Eu o ajudava rezando para que conseguisse encontrar alguma que servisse. De repente, abriu-se a arca e os pães surgiram como uma visão divina. Então, tive de admitir:

– Não tenho dinheiro para pagar pela chave, mas pode retirar o pagamento de dentro da arca.

Ele escolheu o pão que mais lhe apeteceu. Entregou-me a chave, partiu feliz da vida e eu fiquei mais ainda.

Não pus, porém, as mãos em nada, para que a falta não fosse sentida. Além disso, bastava eu me sentir dono da arca, apertar a chave na mão, para ter a fome abrandada. Voltou para casa o miserável, mas, por sorte, não deu pela falta de nada.

No dia seguinte, mal o mesquinho saíra pela porta, abri a arca maravilhosa e apanhei um pão. Em instantes, desapareceu da minha boca. Fechei a arca e comecei a varrer a casa, contente da vida, achando ter remediado, dali em diante, meus males. Foi com esse estado de espírito que vivi aquele dia e o seguinte. Mas não era meu destino ter sossego duradouro. No terceiro dia, acabou-se a paz.

O miserável abriu a arca e começou a contar e a recontar os pães. Eu, dissimulado, olhava para o outro lado, mas, em segredo, rezava: "Meu São João, fazei-o cego!"

Por bom tempo ele ficou contando os pães nos dedos por dias de oferta.

– Se não mantivesse tão bem fechada esta arca – disse, por fim –, diria que alguém andou mexendo aqui e retirando alguns pães. De hoje em diante, para não haver suspeita, vou deixar os pães contados: ficaram nove inteiros e um pedaço.

"Que Deus o castigue!" – roguei, mudo. Pois aquelas palavras cortavam meu coração e, naquele exato momento, voltei a sentir fome. Quando ele saiu, não resisti. Abri a arca, vi os pães e os recontei, na esperança de que o ruindade houvesse se equivocado.

Mas não havia engano. O máximo que pude fazer foi retirar um pedaço pequeno do pão que não estava inteiro. E com essa ninharia passei o dia, tão diferente do anterior.

Mas a fome foi aumentando. O estômago havia se acostumado à porção diária maior. Eu não fazia outra coisa senão abrir e fechar a arca para contemplar os pães. Por sorte, Deus, socorro dos aflitos, ao me ver em tal aperto, inspirou-me a solução. Depois de ter dado mil voltas ao pensamento, disse a meus botões:

– A arca é grande, velha e já tem pequenos buracos em várias partes. O padre pode pensar que é por eles que passam os ratos que estão consumindo o pão. Retirar um pão inteiro, não posso, ele vai perceber. Porém...

Peguei três ou quatro pães e comecei a esmigalhá-los sobre a toalha rústica que cobria a mesa. Engoli migalhas como se fossem drágeas. Fui me sentindo melhor.

Quando voltou para casa, meu amo abriu a arca e viu o estrago. Mas eu havia feito o trabalho muito bem. Ele examinou a arca inteirinha e, ao ver os buracos, não duvidou de que ratos tinham andado por ali. De imediato, me chamou:

– Lázaro, olhe só quem nos visitou esta noite para roubar-nos o pão!

Eu me fiz de muito espantado e perguntei-lhe quem poderia ter sido.

– Ora, quem?! Ratos, esses ratos que devoram tudo.

Começamos a comer. Eu ainda estava com sorte. Meu amo cortou uma porção de pão maior que a costumeira, que era uma mesquinharia, para me dar. Queria livrar-se da parte que acreditava ter sido comida por roedores.

– Coma isto, Lázaro, que os ratos são animais muito limpos.

Mal eu tinha comido, veio o sobressalto. Ele passou a procurar pela casa pregos e pedaços de madeira. Com eles, fechou um por um os buraquinhos da velha arca.

– Ai, meu Deus – exclamei –, quantas desgraças a vida impõe para as poucas alegrias que oferece!

Pensava que tinha encontrado jeito de me safar da miséria, e andava até mais animado, achando que, afinal, eu tinha alguma sorte. Mas estava equivocado.

Não é que o miserável, com disposição que não costumava ter, fechou todos os buraquinhos da arca, trancando a porta do meu consolo e abrindo a do sofrimento?

E assim me lamentava, enquanto o obstinado carpinteiro, cercado por pregos, ripas e sarrafos, concluiu sua obra com as seguintes palavras:

– Agora, seus ratos ladrões, é melhor buscarem outra casa, que desta não roubarão mais.

Quando saiu, fui examinar a obra e vi que não havia deixado lugar para passar um mosquito sequer. Abri a arca com a chave, que agora me parecia inútil, pois não tinha mais esperança de tirar com ela algum proveito. Vi dois ou três pães de que tinha comido algumas partes e que meu amo pensou terem sido refeição dos ratos. Com a habilidade de um esgrimista, retirei deles algumas migalhinhas.

Não dizem que a necessidade é a mãe da habilidade? Pois minha necessidade era tanta, que eu passava noite e dia pensando em alguma maneira de sobreviver. A fome era a grande inspiradora das artimanhas que eu inventava. Há quem diga que ela desperta a astúcia, enquanto a fartura embota a imaginação. No meu caso, era o que acontecia.

Uma noite em que não conseguia dormir, pensando no que devia fazer, ouvi os pesados roncos do patrão e os longos sopros que dava quando dormia. Levantei com todo o cuidado para não fazer barulho. Durante o dia já tinha pensado em alguma coisa. Deixei uma faca velha por perto. Fui até a arca. Examinei a parte de menor resistência. A madeira era velhíssima. Sabe-se lá quantos anos devia ter aquela carpintaria... Estava fraca e carcomida e, quando enfiei a faca, logo cedeu. Fiz, em um dos lados, um orifício.

Então, devagar, abri a arca ferida e apanhei pedacinhos do pão que já estava comido. Fiquei mais tranqüilo, fechei a arca e voltei à minha cama de palha. Relaxei e cheguei a dormir um pouco. Eu dormia mal e atribuía essa dificuldade à falta de alimento. Outra razão não era provável. Naquela época, não devia perder o sono com preocupações concernentes ao rei da França.

No outro dia, o padre viu os estragos na arca e no pão. Mandou os ratos ao diabo e exclamou:

– Como pode acontecer isso?! Nunca houve ratos nesta casa!

Sem dúvida, era verdade. Se podia haver casa com tal privilégio, era aquela. Onde já se viu aparecerem ratos em casa onde não há comida? Ele se pôs em busca de pregos. Como os que tinha guardado não eram suficientes, arrancou os que havia nas paredes. Trouxe tabuinhas para servirem de reforço nos pontos fracos da arca.

Chegada a hora do repouso, eu me esgueirava pela casa. Os buracos que ele fechava de dia eu abria de noite. E tínhamos, ambos, tanta pressa em fazer nosso trabalho que, acredito, daí veio o costume de dizer: "quando uma porta se fecha, outra se abre". Era como se aos dois coubesse o trabalho de Penélope. Ele tecia de dia, eu desfazia de noite.

Em poucos dias e noites deixamos a pobre arca em tal estado que mal podia ser reconhecida como tal.

O padre, por fim, concluiu que com aquela pobre caixa nada mais havia a fazer.

– Esta arca está tão acabada – disse –, a madeira tão velha e carcomida, que não se pode impedir que nela entrem ratos. O melhor que tenho a fazer é armar no interior uma ratoeira para pegar esses bichos malditos.

Pediu uma ratoeira emprestada e, com pedacinhos de queijo que lhe davam os vizinhos, preparou a armadilha. Para mim, era uma ajuda maravilhosa. Como nunca precisei de muitos molhos para comer, com o queijo que retirava da ratoeira, além das cascas que aproveitava, e mais o pão, fazia a festa.

O meu patrão via o pão esburacado, o queijo desaparecido, e nenhum sinal do roedor que o comia. Ficava furioso e indagava aos vizinhos se conheciam alguma explicação para aquilo. Como podia o rato retirar o queijo da ratoeira, comê-lo e não ser preso nem morto? Quem explicava o fato de ele encontrar a pequena armadilha desarmada?

Em uníssono, os vizinhos afirmaram que o animal que causava tal estrago não podia ser um rato. Se fosse, mais cedo ou mais tarde teria sido apanhado.

– Lembro – disse um vizinho – que costumava aparecer uma cobra em sua casa. Deve ser ela, de novo. Tenho quase certeza. Por ser fina e comprida, consegue entrar, apanhar o queijo e, mesmo que lhe caia a ratoeira em cima, como não fica inteira na arca, tem condição de sair.

O argumento convenceu todos e deixou o morador da casa apavorado. Nunca mais dormiu tranqüilo. Qualquer pequeno barulho que, porventura, um cupim fizesse na madeira, já lhe parecia sinal de que a cobra andava por perto.

Levantava-se de um salto. Apanhava um porrete, que passara a deixar à cabeceira, desde o dia em que o vizinho lhe lembrou da visita da tal cobra, e dava repetidas porretadas na pobre arca, pensando assim espantar o bicho.

Despertava os vizinhos com o barulho que fazia. A mim tampouco deixava dormir. Acabava indo revolver as palhas onde eu estava deitado, e me revolvia também, porque lhe tinham dito que as cobras, em busca de calor, aninham-se onde dormem as pessoas.

Quando ele fazia isso, eu, quase sempre, ficava de olhos fechados. Não soltava sequer um murmúrio e, pela manhã, ele me dizia:

– E você, rapaz, não ouviu nada esta noite? Andei atrás da cobra. Ainda não a encontrei, mas desconfio que se esconde onde você dorme. Sabe-se que são animais muito frios e que vão em busca de calor.

– Queira Deus que não me morda! – eu exclamava. – Tenho enorme pavor desses bichos...

Ele andava tão atento a qualquer movimento, que a serpente – ou, melhor, *o* serpente, se quisermos ser exatos – nada comia de noite nem se aproximava da arca. Mas, de dia, quando ele estava na igreja ou ia para a cidade, eu a assaltava. Ao ver que os estragos continuavam, e que não havia nada que ele pudesse fazer, ficava desconsolado.

Meu medo era que, de tanto procurar a tal serpente, acabasse por encontrar a chave que eu mantinha escondida entre as palhas onde dormia. Concluí que, mais garantido que mantê-la sob meu corpo, era guardá-la, à noite, dentro da boca. Isso para mim não era novidade, mas costume bem antigo.

Quando vivia com o cego, tinha aprendido a usar a boca como cofre. Cheguei a tê-la cheia de patacas e, ao mesmo tempo, conseguir comer. Se assim não fosse, não conseguiria guardar nenhuma moedinha. O maldito cego a acabaria apanhando. Com freqüência, vasculhava meus bolsos e qualquer outro lugar onde eu as pudesse esconder.

Então, a cada noite, eu enfiava a chave na boca e dormia sem receio de que o patrão a encontrasse. Mas desgraça, quando chega, ninguém impede que entre. Pois quis a sorte, melhor dizendo, o azar, que uma noite, enquanto eu dormia, ficasse de boca aberta. De tal modo e posição estava, que o ar e o sopro que da minha boca saíam passavam pelo oco da chave e faziam estranho ruído. Eu silvava muito forte, de maneira que meu amo, sobressaltado do jeito que vivia, ao ouvir aquele som, acreditou, sem qualquer dúvida, tratar-se de silvo de cobra.

Levantou-se da cama bem devagar. Apanhou o porrete. Andou, pé ante pé, em direção ao ponto da casa de onde partia o silvo. Aproximou-se de mim sem fazer ruído. A cobra – pensava – devia estar ali, entre as palhas sobre as quais eu dormia.

Ergueu o pedaço de madeira que trazia à mão e, pensando que o animal assustador estava embaixo, deixou-o cair com toda a força. Atingiu a minha cabeça com tamanho golpe, que perdi os sentidos.

Quando percebeu que tinha sido eu o alvo do golpe, e que tinha me ferido, começou a me chamar aos gritos para que eu reagisse. Estendeu as mãos sobre mim e sentiu que eu perdia muito sangue. Até então, tudo estava às escuras. Foi buscar luz. Então, me viu meio-morto, mas ainda com a chave na boca. Nem com o abalo do golpe eu a havia soltado. A metade tinha ficado de fora, do modo que devia estar quando eu começara a soprar. Espantado, o matador de cobras se perguntava o que poderia ser aquela chave.

Retirou-a da minha boca, examinou-a com atenção e percebeu que era igual àquela que ele tinha. Correu a experimentá-la na arca e, então, entendeu tudo. Deve ter pensado: "encontrei, por fim, o rato e a cobra que me deram tanto trabalho".

Não posso contar o que aconteceu a seguir, porque não tenho lembrança de nada. Só voltei a mim no terceiro dia. Tinha a cabeça besuntada de azeite e ungüentos que puseram em mim para tratar-me. Espantado, perguntei:

– O que é isto?

– Apanhei o rato e a cobra que devoravam meus pães – respondeu o mau sacerdote.

Só quando percebi o estado em que me encontrava, entendi o que tinha acontecido. Veio ver-me uma velha, que curava com orações, e também vieram vizinhos. Retiraram-me as ataduras da cabeça para tratar da ferida. Ao verem que eu tinha recuperado a consciência, mostraram-se aliviados:

– Já acordou. Não há de ser nada.

E começaram a falar das minhas histórias e riam muito, enquanto eu chorava. Deram-me de comer e eu, pouco a pouco, fui me recuperando. Quinze dias depois, estava fora de perigo, quase curado, embora ainda faminto.

No dia seguinte àquele em que me pus em pé, o senhor meu patrão me tomou pela mão e me pôs porta afora. Quando eu estava na rua, disse:

– Lázaro, de hoje em diante, não tenho mais nada a ver com você. Vá com Deus, procure outro patrão, que não quero perto de mim criado tão devotado. Até parece que já foi guia de cego...

Ele me olhou e se benzeu, como se eu fosse o próprio demônio. Correu para a casa e fechou a porta.

Tratado terceiro

Como Lázaro foi trabalhar com um escudeiro[11] *e o que aconteceu com ele.*

FUI forçado a extrair forças da fraqueza e, com a ajuda de gente boa que encontrei pelo caminho, acabei chegando à importante cidade de Toledo, onde, depois de quinze dias, ficou cicatrizada a ferida na minha cabeça. Enquanto estive doente, sempre ganhava esmolas, mas depois que fiquei são, se pedia alguma moeda, ouvia:

[11] **Escudeiro** – Pessoa que acompanha o cavalheiro, servindo-o e carregando suas armas na guerra.

– Deixe de ser espertalhão e vagabundo! Procure um bom patrão a quem possa prestar algum serviço.

"Onde poderei encontrar um bom patrão? A menos que Deus crie um aqui e agora..." – pensava. Andava de porta em porta, pedindo ajuda e dinheiro, quando vi surgir à minha frente um escudeiro. Caminhava pela rua bem vestido e bem penteado, elegante e com ar tranqüilo. Olhou para mim e eu, para ele.

– Rapaz, procura trabalho? – perguntou.

– Sim, senhor – respondi.

– Então, venha comigo. Deus fez com que me encontrasse. Alguma boa oração deve ter feito hoje.

Segui atrás dele, dando graças ao céu pelo que ouvi porque, com aquele estilo e aspecto, aparentava ser o amo que eu tanto procurava. Foi de manhã que encontrei o homem que viria a ser o meu terceiro patrão. Fui caminhando atrás dele por boa parte da cidade. Atravessamos praças, onde eram vendidos pães e variados alimentos. Como essa era a hora certa para comprar tudo o que se necessita para a cozinha, pensei que me ordenaria carregar os alimentos.

Ele, no entanto, acelerava o passo diante de comestíveis. "Com certeza, não lhe agradam as coisas que vê expostas aqui. Deve fazer as compras em outro lugar, onde os gêneros sejam melhores" – pensei.

Continuamos a caminhar até as onze horas. Entrou na igreja. Entrei atrás. Ouviu a missa, com profunda devoção, do início ao fim. Só se ergueu quando todos se tinham ido. Saímos então da igreja e descemos a rua a passos rápidos. Eu ia alegre da vida por não termos gasto tempo na compra do que comer. Meu novo amo – pensava – deve ser do tipo que tem de tudo em casa e a despensa fica sempre cheia.

Tudo com que eu sonhava, e necessitava, devia estar na casa dele, pronto, preparado sobre a mesa.

Ao chegar diante da casa, ouvimos o relógio bater uma hora. Meu patrão parou e eu, com ele. Jogou a ponta da capa para o lado esquerdo, retirou a chave da manga e abriu a porta.

A entrada da casa era escura e lúgubre, assustava o visitante. Mas logo se via um pátio pequeno e cômodos razoáveis. Uma vez dentro de casa, meu patrão retirou a capa e, depois de perguntar se minhas mãos estavam limpas, disse-me para ajudá-lo a sacudi-la, soprar o pó e dobrá-la. Feito isso, com todo o cuidado a pusemos sobre um banco de pedra. Depois, sentou-se ao lado dela e perguntou de onde eu era e como havia chegado àquela cidade.

Eu lhe contei o que queria saber. Falava, mas sem vontade, pois aquela era hora de mandar servir a mesa e começar a comer. Não era hora de ficar batendo papo. Menti o melhor que podia: descrevi minhas qualidades e calei a respeito do resto. Minhas histórias não eram assunto para gente tão elegante.

Ficamos nessa conversa um bom tempo e, a certa altura, fiquei preocupado. Já eram quase duas da tarde e não via no homem mais disposição para comer do que a que tem um morto. Comecei a pensar também em outras coisas estranhas: a porta estava fechada com chave e eu não ouvia, vindo de cima ou de baixo, o menor sinal de vida na casa. Só o que via eram paredes. Nada de mesa, cadeiras ou arca, como aquela do nosso velho conhecido. Parecia até que a casa era encantada.

– E você, rapaz – disse ele, de repente –, já comeu?

– Não, senhor – respondi –, ainda não eram oito horas quando o encontrei.

– Bem, é que eu já tinha comido. E quando como algo pela manhã, é bom que fique sabendo, não preciso de mais nada até a noite. Por isso, arranje-se como puder, que jantaremos à noite.

Você pode bem imaginar que eu, ao ouvir isso, quase fui ao chão. Não tanto pela fome que sentia, mas por perceber definitivamente quanto a sorte me era adversa. Rememorei num instante tudo pelo que passara antes e comecei a chorar. Por isso tinha duvidado se devia deixar o padre, por mais miserável que fosse. Temia encontrar alguém ainda pior do que ele. Meu medo se confirmara. Lamentei por minha vida pregressa e pela morte imediata. Mesmo assim, tentei esconder o que sentia.

– Senhor, sou um rapaz que não reclama por comida, essa é uma de minhas maiores qualidades. Nisso, não há ninguém como eu. Por isso gostavam tanto de mim os outros patrões que tive.

– Nesse caso, de fato é um bom rapaz e já sei que vou gostar de você. Porque o hábito de comer demais é coisa de porcos. Comer tão-só o necessário é o que fazem os homens de bem.

"Bem entendi eu! – pensei. – Malditas idéias têm esses patrões que encontro. Para eles, fome faz bem à saúde e ainda melhora o espírito."

Fiquei atrás do portal e retirei dentre minhas roupas uns pedaços de pão que havia ganho na rua. Quando o homem viu o que eu fazia, gritou:

– Venha aqui, rapaz. O que está comendo?

Aproximei-me e mostrei o pão. Ele pegou um dos três pedaços que eu tinha. Escolheu o melhor e o maior.

– Puxa – disse –, parece mesmo bom este pão!

– É, não imagina quanto me parece bom neste momento, senhor!

– Onde o conseguiu? Será que foi amassado por mãos limpas?

– Isso não sei – respondi –, nem me importa. Para mim, está bom.

– Tudo bem, então – foi o comentário de meu pobre amo.

Levou o pão à boca e lhe deu mordidas tão ansiosas quanto as minhas.

– Meu Deus – disse –, este pão é gostosíssimo.

Ao perceber que a fome dele era ainda maior que a minha, me apressei a devorar o meu pedaço. Se acabasse antes de mim, meu patrão ia querer me ajudar com o terceiro que restava. Terminamos de comer quase ao mesmo tempo. Ele começou a limpar umas migalhas miúdas que lhe tinham caído ao peito. Depois, entrou em um aposento e voltou de lá trazendo um jarro velho quebrado na borda. Tomou uns goles e me convidou a beber. Para continuar fingindo que era moderado, eu disse:

– Senhor, eu não bebo vinho.

– É água – respondeu –, pode beber à vontade.

Apanhei, então, o jarro e bebi. Não muito, que sede não era exatamente o meu problema. Ficamos até a noite conversando. Respondia ao que ele perguntava do melhor modo que sabia. A certa hora, ele me levou ao aposento onde estava o jarro de que havíamos bebido.

– Rapaz – disse –, preste atenção em como faremos esta cama para que, daqui em diante, saiba como fazê-la.

Fiquei de um lado e ele do outro e fizemos a cama. Não havia muito o que aprender. Sobre uns cavaletes havia um estrado e, sobre este, estavam estendidos uns panos que ra-

ramente viam água. Não pareciam colchão, embora assim servissem. Não sei que maldita coisa havia dentro daquele colchão que, posto sobre o estrado, não impedia que se sentissem todas as tábuas nas costas. Não se podia saber qual era a cor dos trapos sobre o mísero colchão. Feita a cama e vinda a noite, ele disse:

– Lázaro, já é tarde e a praça fica distante. Há muitos ladrões na cidade. Vamos ficar por aqui e, amanhã, à luz do dia, veremos o que se pode fazer. Eu, como estava vivendo só, não abasteci a despensa. Comia fora. Mas, agora, isso terá de ser feito de outra maneira.

– Senhor – respondi –, não tenha pena de mim. Agüento bem passar uma noite sem comer e mais que uma, se necessário.

– Vai viver mais e com melhor saúde – retrucou – porque, como estava dizendo, não há coisa melhor no mundo para viver muito que comer pouco.

"Se assim for – disse a meus botões –, não morrerei nunca, pois foi isso o que sempre tive de fazer. E, pelo jeito, vai continuar assim pela vida afora."

Ele se deitou na cama e fez de travesseiro as calças e o gibão. Disse que me deitasse a seus pés e eu obedeci. Mas não consegui dormir, as tábuas e meus ossos salientes brigaram a noite inteira. Meu corpo, que quase não tinha carne, doía de cima a baixo. Quase nada tinha comido aquele dia. A fome não é amiga do sono.

Passei a noite maldizendo a mim e à minha sorte. Pedi mil vezes a Deus que me matasse. E o pior, não podia me mexer para não despertar o escudeiro.

Tão logo despertou, na manhã seguinte, o homem começou a se arrumar. Sacudiu calça, gibão, camisa e casaca. Limpou-os. Eu o ajudava nessas providências. Vestia-se bem devagar, desfrutando cada gesto. Alcancei-lhe água. Penteou-se. E, enquanto enfiava a espada no cinturão de couro, me disse:

– Rapaz, você não imagina o valor que tem esta espada. Não há ouro no mundo que me pague por ela. Aço desta qualidade não se encontra em nenhuma outra.

Desembainhou-a e, com suavidade, tocou-a com a ponta dos dedos.

– Olhe bem! Com ela posso cortar até um fiapo de lã.

"E meus dentes, mesmo não sendo de aço, cortariam o maior pedaço de pão" – pensei.

Embainhou novamente a espada e pôs-se ereto. Moveu-se, então, com passos sossegados, mexendo a cabeça com graça. Ora jogava a ponta da capa sobre o ombro, ora deixava-a cair pelo braço. Encostou o dorso da mão direita às costas e saiu pela porta.

– Cuide da casa, Lázaro – disse –, enquanto eu vou à missa. Faça a cama, encha o jarro com água do rio, que já temos pouca. Feche a porta com chave, que não quero ladrões aqui dentro. Depois, deixe a chave escondida aqui, neste lugarzinho, para que eu possa entrar, se chegar antes de você.

E foi subindo a rua tão galante e satisfeito, que, quem não o conhecesse, pensaria tratar-se de parente muito próximo do Conde de Arcos ou, ao menos, um de seus empregados de quarto.

"Que bom é Deus – pensei – que, ao dar o problema, dá também a solução. Quem não iria achar, ao vê-lo assim tão contente, que, ontem à noite, jantou com fartura e, depois, estendeu-se em cama macia? Com certeza, imaginam que fez uma lauta refeição esta manhã. Há tantos segredos, tanta coisa que a gente pensa que sabe, mas ignora... Qualquer um se engana com a boa disposição que ele aparenta e com a exibição da capa e dos trajes. Quem vai imaginar que o elegante cavalheiro, ontem, não comeu nada além do duro pedaço de pão, que seu criado carregou um dia e uma noite no peito entre as roupas sujas? E que, hoje, para enxugar a mão e o rosto, por falta de toalha, teve o gentil escudeiro de enxugar-se na própria roupa? Ninguém, é claro, suspeitaria de uma coisa dessas. Quantas pessoas deve haver no mundo que, como o meu patrão, se preocupam mais com a aparência do que com a verdade..."

Assim fiquei eu na porta, olhando-o e pensando nessas e noutras coisas, até o senhor meu amo desaparecer de vista na rua longa e estreita. Voltei a entrar na casa. Percorri-a de um lado a outro, de cima a baixo. Não me detive em lugar nenhum. Não tinha nada para fazer.

Fiz a cama dura e suja, apanhei o jarro e fui ao rio. Ali vi meu patrão em animada conversa com duas mulheres do tipo que naquele lugar não falta. Elas têm o costume de irem às frescas ribeiras para tomar ar e comer nas manhãs de verão. Mas não levam nada de seu. Sabem que não precisam. Sempre encontram cavalheiros dispostos a dar-lhes comida.

Pois é, meu patrão estava lá. Dizia às mulheres palavras de amor mais bonitas que as que Ovídio[12] escreveu. E elas, ao ver que tinham por perto homem tão terno e sensível, não demoraram a pedir que ele lhes pagasse o almoço. Elas retribuiriam do modo que costumam fazer.

---

[12] **Ovídio** – Poeta latino que viveu entre 43 a.C. e 17 d.C., autor de obras de conteúdo amoroso como *Arte de amar* e *Amores*. Famoso pela harmonia dos versos, sua composição mais célebre é *Metamorfoses*.

Ele, que tinha os bolsos tão frios como fervente estava a barriga, sentiu um calafrio no momento em que ouviu o pedido. O rosto perdeu a cor. Ficou todo atrapalhado e começou a dar desculpas esfarrapadas. As mulheres, ao vê-lo pálido, compreenderam logo o que acontecia. E se afastaram na hora, porque, para aquele mal, elas não tinham remédio.

Eu estive no campo, comendo talos de couve e tomando todo o cuidado para que o patrão não me visse, e voltei para casa. Pensei em varrer alguns aposentos que estavam muito carentes desse cuidado, mas não encontrei nada com que pudesse fazê-lo. Fiquei pensando em algo para me ocupar. O melhor era esperar por meu amo, que talvez trouxesse comida. Mas esperei em vão.

Quando vi que já eram duas da tarde e ele não tinha voltado, morto de fome, fui para a rua. Tranquei a porta, pus a chave onde ele tinha indicado e voltei ao meu ofício.

Com voz fraca, ar adoentado, mãos cruzadas no peito, olhos virados ao céu, sempre com o nome de Deus na boca, comecei a pedir pão nas maiores portas e casas que encontrava.

Ora, esse ofício me veio junto com o leite materno e, além disso, tive no cego excelente professor. Fui tão bom aluno, que, embora aquela gente não fosse de caridades nem estivéssemos em ano de abundância, antes das quatro horas já tinha vários pedaços de pão junto ao corpo e outros tantos enfiados na roupa. No caminho de volta para casa, passei por uma venda. Uma das mulheres que ali trabalhava me deu um pedaço de osso com um pouco de carne, além de miúdos cozidos.

Meu patrão já estava em casa, quando cheguei. Havia dobrado a capa e deixado sobre o banco de pedra. Estava no pátio e, logo que percebeu minha chegada, se aproximou. Pensei que fosse brigar comigo por causa da demora, mas não o fez. Perguntou de onde eu vinha.

– Senhor – respondi –, eu o esperei até as duas da tarde. Quando vi que não viria, saí pela cidade, recorrendo à ajuda de pessoas boas. E me deram isto aqui.

Mostrei o pão, o osso e os miúdos, e ele ficou animado.

– Eu esperei você para almoçar – disse. – Como não aparecia, decidi comer. Mas agiu bem, Lazarilho. Melhor pedir que roubar. Só lhe peço uma coisa: não diga a ninguém que vive comigo, é uma questão de honra. Mas, se disser, o prejuízo não vai ser grande. Pouca gente me conhece nesta cidade aonde nunca deveria ter vindo.

– Não se preocupe, senhor. A mim ninguém pede explicações, tampouco gosto de dá-las.

– Bem, agora, coma. Se Deus quiser, logo, logo, estaremos melhor. A partir do dia em que entrei nesta casa, nada de bom me aconteceu. Acho que esta casa é de mau agouro. Há casas que são assim, trazem azar a quem vive nelas. Mas, prometo: no mês que vem saio daqui. Não fico nem que queiram me dar esta casa de presente.

Sentei na ponta do banco de pedra e comecei a comer calado. Mordia o pão e os miúdos e, dissimulando, olhava meu pobre patrão. Ele não tirava os olhos de mim e do que eu comia. Que Deus tenha de mim a pena que tive dele. Eu sabia o que ele estava sentindo, tantas vezes passara por isso e continuava a passar. Pensei em convidá-lo a almoçar comigo. Mas, como me havia dito que já havia almoçado, temi que recusasse o convite. "Por que não faz como ontem? – eu pensava. – Hoje, a comida é mais farta e de melhor qualidade. Além disso, minha fome é menor."

Meu desejo foi satisfeito e, creio, o dele também. Aproximou-se de mim:

– Olhe, Lázaro, vou lhe dizer uma coisa. Nunca vi ninguém comer de modo tão bonito como você. Ao ver a maneira como come, qualquer um tem apetite, mesmo que já tenha comido.

"Tamanha fome ele tem, que a minha parece bonita" – pensei. Mas como ele tinha aberto o caminho, ajudei.

– Senhor, a boa comida predispõe a comer. Este pão está uma delícia e os miúdos, muito bem temperados.

– São miúdos, são?

– Sim, senhor.

– Pois é exatamente esse o meu prato preferido. Não troco nem por faisão.

– Prove, senhor, veja se estão bons.

Alcancei-lhe uns miúdos e os pedaços mais tenros de pão. Sentou-se a meu lado, comeu e não deixou restinho de nada.

– Com molho de azeite, alho e queijo, não há no mundo nada melhor.

"Não há molho melhor que a fome" – pensei.

– Meu Deus – ele disse, ao terminar –, comi com tanta vontade, que até parece que nada tinha comido o dia inteiro.

"Que tudo seja tão certo quanto isso" – disse a meus botões.

Pediu-me que lhe alcançasse o jarro de água. Estava cheio, prova de que não tinha mesmo comido. Juntos bebemos água e fomos dormir, como na noite anterior.

Para não me estender demais, encurto esta parte da história dizendo que foi assim que aconteceu por mais oito ou dez dias. Ele saía pela manhã, com ar contente, passeando com passos ritmados pelas ruas. E, ao pobre Lázaro, deixava a tarefa de conseguir comida para dois.

Ficava pensando no meu azar. Deixei os maus patrões com a esperança de encontrar alguém melhor. Acabei encontrando um outro que não só não me mantinha, como me obrigava a trabalhar para mantê-lo. No entanto, eu gostava dele. Se nada me dava era porque nada tinha. Na verdade, o que sentia a seu respeito era dó e, muitas vezes, para que ele tivesse algo com que passar o dia, eu ficava sem nada.

Certa manhã, ele se levantou da cama com a roupa com que dormia e foi, por necessidade, a outra parte da casa. Para acalmar minhas suspeitas, desdobrei a calça e o gibão que lhe serviam de travesseiro. Encontrei uma carteirinha de veludo puído. Abri. Não havia dentro sequer meia-pataca nem sinal de que por ali havia passado alguma moeda há muito tempo.

– Este – eu dizia – é pobre mesmo, e ninguém dá o que não tem. Mereceram minha raiva o cego avarento e o padre mesquinho, a quem Deus dava, a um, de mão beijada[13], ao outro, de língua solta[14], e, mesmo tendo ambos o que comer, a mim quase mataram de fome. Mas esse escudeiro, pelo contrário, o que merece é piedade.

Hoje, se encontro alguém com seu aspecto, andando com aquele passo, mantendo aquela pose, sinto pena. Imagino que possa sofrer o que o escudeiro sofria. Mas, mesmo sendo pobre do jeito que ele era, eu gostava de servi-lo, muito mais que aos outros patrões que tive.

Só não me agradava sua imensa vaidade. Queria que não se preocupasse tanto com a ostentação, passando necessidade. Mas parece que é costume de certo tipo de gente fingir

[13] **De mão beijada** – De graça. Ao fazer a oferenda, os fiéis beijavam a mão do padre.

[14] **De língua solta** – O cego conseguia esmolas em troca de rezas e pedidos que fazia.

ter mais que os outros, mesmo sendo pobres como poucos. O Senhor que cuide deles ou morrerão desse mal.

Eu estava nessa situação, vivendo do jeito que lhe estou contando, quando a minha má sorte, que sempre se fazia presente, resolveu, mais uma vez, mudar minha vida.

Aconteceu o seguinte: aquele foi um ano de má colheita e as autoridades locais decidiram que os pobres que não fossem de Toledo tinham de deixar a cidade. Os que continuassem a pedir pelas ruas, após essa determinação, seriam punidos com chibatadas. Quatro dias após a proclamação pública, vi uma porção de pobres serem açoitados no centro da cidade. Fiquei tão apavorado, que nunca mais ousei sair de casa para pedir esmola.

Imagine a miséria em que ficou nossa casa e a tristeza e o silêncio dos seus moradores. Por dois ou três dias não levamos nada à boca nem dela saiu palavra. Fomos salvos por umas vizinhas, fiandeiras de algodão, com as quais eu tinha feito amizade. Do pouco que tinham, algo sempre me davam.

Sentia mais pena de meu patrão do que de mim. Não sei por onde ele andava nem o que comia, mas dentro de casa, por oito dias, não tivemos nada. Ele continuava saindo com a mesma pompa e imponência, todas as manhãs. E, para manter a tal honra de que tanto falava, chegava à porta da casa com um palito entre os dentes, queixando-se da falta de sol.

– Esta casa – dizia sempre – é o que nos traz tanto azar. É lúgubre, triste, escura. Encuanto vivermos aqui, as coisas não irão bem. Tomara se acabe logo este mês para eu poder ir embora.

Estávamos nessa aflitiva condição, quando, um dia, por estranha manifestação da sorte, meu amo trouxe da rua algum dinheiro e veio para casa feliz como se tivesse descoberto um tesouro. Alegre, risonho, me deu o dinheiro.

– Tome, Lázaro, parece que Deus se lembrou de nós. Vá à praça do mercado e compre pão, vinho e carne. Hoje, vamos passar bem. E digo mais: consegui outra casa. Vamos ficar aqui só até o fim do mês. Nunca deveria ter vindo para cá. Desde que entrei por aquela porta, nunca mais comi uma boa refeição nem consegui descansar. Vá e volte logo, que vamos comer como nobres.

Peguei o jarro e o dinheiro e subi a rua correndo em direção à praça, todo contente. Mas o que fazer, quando se tem o triste destino escrito nas estrelas? Que remédio, se nenhum bem me vem sem sofrimento?

Pois eu ia fazendo contas, pensando em como tirar melhor proveito do dinheiro, e dando graças aos céus, quando me deparei com um morto em meu caminho. Muita gente acompanhava o corpo e vários clérigos tomavam parte no cortejo.

Encostei-me à parede para dar-lhes passagem. Ao lado do corpo, vinha uma mulher. Devia ser esposa do defunto. Estava coberta de luto, chorava e, em alta voz, exclamava:

– Marido e senhor meu, para onde te levam? À casa triste e infeliz, à casa fria e escura, onde não se come nem bebe!

Ao ouvir aquilo, senti como se o céu desabasse sobre mim. Pensei: “Que desgraça! Vão levar o morto para a minha casa”.

Tomei outra direção. Passei pelo meio do cortejo e desci a rua correndo o máximo que podia para chegar logo em casa. Entrei e tranquei a porta. Gritei pelo patrão para que viesse ajudar a proteger a entrada. Ele veio assustado, pensando ser outra coisa.

– Que é isso, rapaz? Que gritos são esses? O que está acontecendo? Por que fecha a porta dessa maneira?

– Senhor, me ajude – gritei. – Querem trazer um defunto para cá.

– O quê?!

– Acabo de encontrar um morto e a mulher dele dizia: "Marido e senhor meu, para onde te levam? À casa triste e infeliz, à casa triste e escura, onde não se come nem bebe!" Só pode ser para cá que trazem o defunto.

Quando ouviu isso, o homem, que não tinha razão alguma para estar de bom humor, riu tanto, que mal conseguia falar. Eu tinha passado a aldrava na porta e, não satisfeito, jogara contra ela o corpo para aumentar a defesa. Ouvi passar o ruído dos passos das pessoas que acompanhavam o morto. Nem assim cessava o meu temor de que o trouxessem à nossa casa. Meu patrão riu até cansar.

– Ouvindo o que você ouviu, Lázaro, não foi sem razão pensar que enterrariam o morto aqui. Agora, foram embora. Abra, abra essa porta e vá de uma vez comprar comida.

– Espere, senhor, deixe que se afastem mais um pouco.

O escudeiro teve de abrir ele mesmo a porta. Precisou me tranqüilizar, pois eu ainda estava assustado. Voltei, então, a sair e, naquela noite, jantamos muito bem. Meu patrão continuava rindo do meu medo, mas eu não achava graça nenhuma no ocorrido.

E assim ia a vida com meu terceiro e pobre amo. Sempre quis saber de onde ele era e por que tinha vindo àquela cidade. Porque, já no primeiro dia em que trabalhei com ele, percebi que não era natural dali. Conhecia pouca gente em Toledo.

Um belo dia, satisfiz meu desejo. Havíamos comido razoavelmente, ele estava satisfeito e me contou sua vida.

Disse que era de Castela-a-Velha[15]. Tivera de abandonar sua terra por não ter tirado o chapéu em reverência a um nobre, vizinho seu.

– Senhor – disse eu –, se ele era um nobre como diz, e, portanto, mais importante que o senhor, o certo não seria que o saudasse primeiro? Ainda mais se, como diz, ele também tirava o chapéu para cumprimentá-lo?

– Sim, está certo. Mas tantas vezes eu o saudei primeiro, que não seria mau se, ao menos uma vez, ele tomasse a iniciativa de fazê-lo.

– O que me parece, senhor – respondi –, é que o costume é esse mesmo, quando se trata de pessoa com mais idade e dinheiro.

– Acontece que você é muito jovem e não dá o devido valor às questões de honra, que é tudo o que nos sobra. Pois vou lhe dizer uma coisa. Não passo, como sabe, de um escudeiro. No entanto, se encontrar algum conde na rua e ele não me cumprimentar direito, isso ocorre uma vez e não duas. Na próxima ocasião em que me deparar com ele, entro na primeira casa à minha frente, sob qualquer pretexto, atravesso a rua, faço o que puder para não cumprimentá-lo. Sou nobre também, ainda que seja só um fidalgo. Não esqueça isso. Lembro de um dia em que me desentendi com um oficial e tive tanta raiva, que me deu vontade de pôr as mãos nele. Toda vez que me encontrava, ele dizia: "Deus o proteja". "Seu ordinário – eu lhe disse –, por que diz isso? Não sabe quem eu sou? Pensa que sou qualquer um?" Dali em diante, passou a me saudar como devia.

---

[15] **Castela-a-Velha** – Região histórica, noroeste da Espanha, que corresponde aproximadamente à atual comunidade autônoma de Castela e Leão.

– Mas, senhor, o que havia de errado na saudação que lhe fez?

– A expressão que ele usou só cabe quando se cumprimenta gente inferior. Para pessoas de alto nível, como eu, devem-se empregar outras palavras, como "Beijo as mãos de Vossa Mercê" ou, pelo menos, "Beijo suas mãos, senhor", caso a pessoa que me saúde seja também cavalheiro. A ninguém, abaixo do rei, permito que me diga "Deus o proteja".

"É por isso – pensei – que não conta com proteção nenhuma, ninguém pode rogar por ele..."

– Além disso – prosseguiu –, não sou tão pobre como parece. No lugar onde nasci, não muito longe de Valladolid[16], tenho terras com mansões que, se estivessem de pé, e o campo fosse lavrado, valeriam uma fortuna. Tenho também um pombal que, se não estivesse derrubado do jeito que está, daria mais de duzentos pombinhos por ano. E tenho muitas outras coisas, das quais nem vou falar. Deixei tudo lá, por questão de honra! Vim para Toledo, pensando encontrar um bom cargo, alguém a quem pudesse servir. Mas as coisas não aconteceram do jeito que eu esperava. Clérigos e autoridades da Igreja encontro muitos, mas são gente muito limitada, uns mesquinhos. Cavalheiros de pouca importância, encontro também. Mas trabalhar com essa gente exige demasiado esforço, porque, sendo homens comuns, eu teria de fazer deles cavalheiros. E, se não se faz tudo do jeito que querem, despedem logo a gente. Além disso, quase sempre,

[16] **Valladolid** – Hoje, capital da província homônima e da comunidade autônoma de Castela e Leão.

pagam pouco e a longo prazo. Quando querem agradar a quem os serve, e aliviar a própria consciência, dão de presente alguma camisa gasta ou uma capa velha cheia de furos. Quando se trabalha para nobre de alto título, a situação não é muito melhor. Mas eu poderia servir a alguns desses senhores melhor do que ninguém. Por acaso não conheço meu ofício? Claro que sim. Sei mentir muito bem e poderia tornar agradáveis os dias deles. Riria das piadas que contassem, mesmo que não tivessem graça nenhuma. Jamais diria algo que não gostassem de ouvir. Se trabalhasse para um nobre, seria muito ativo e zeloso, quando ele estivesse por perto, mas não ia me gastar fazendo coisas que ele não visse. Brigaria com os criados, reclamaria deles aos gritos, sempre que o nobre estivesse ouvindo, para que acreditasse que eu tinha o maior cuidado com o que lhe dissesse respeito. Quando fosse ele brigar com algum criado, eu lhe daria toda a razão e ainda faria comentários para deixá-lo mais furioso. Elogiaria tudo de que gostasse e zombaria do que lhe aborrecesse. Pesquisaria detalhes da vida alheia para contar a ele e faria outras coisas semelhantes a essa. É o que se costuma fazer nos ambientes do poder e tais senhores adoram isso. Não querem ter por perto homens de virtude e caráter. Detestam pessoas corretas. Acham que são bobas e pouco confiáveis e, portanto, não as querem a seu serviço. Quem está perto de um poderoso e é esperto tira suas vantagens. Mas não tive a sorte de encontrar ninguém poderoso assim.

Desse modo, lamentava meu amo sua desventura. E também revelava episódios de sua vida e traços da pessoa que era. Estávamos nessa conversa, quando entraram pela porta um homem e uma velha.

O homem cobrou-lhe o aluguel da casa e a velha pediu que lhe fosse pago o dinheiro da cama. Feitas as contas, devia em dois meses o que não havia obtido em um ano. Ele lhes deu uma resposta muito boa. Disse que iria à praça trocar uma moeda de ouro, que voltassem à tarde. Mas quando o escudeiro saiu foi para não voltar.

Quando os credores retornaram, já era tarde. Disse-lhes que meu patrão ainda não havia chegado. A noite veio e ele não. Senti medo de ficar só e fui para a casa das vizinhas. Contei o caso a elas e dormi ali.

Na manhã seguinte, o homem e a velha voltaram. Não encontraram ninguém e bateram à porta vizinha.

– Aqui está o rapaz – responderam as mulheres – e esta é a chave da porta.

Perguntaram-me por ele. Respondi que não sabia onde estava e que não tinha voltado para casa desde que saíra para trocar o dinheiro. Disse que achava que o escudeiro tinha partido com o troco. Ao ouvirem isso, foram atrás de um escrivão e de um oficial de justiça[17] .

Quando voltaram com eles, chamaram por mim e por pessoas que pudessem servir de testemunhas. Abriram a porta para embargar os bens de meu amo até a dívida ser paga. Percorreram a casa toda e não encontraram nada.

– Onde estão os móveis de seu patrão, suas arcas, jóias e tapeçarias? – perguntaram.

– Não sei – respondi.

– Sem dúvida – disseram –, na noite passada, este rapaz e seu patrão tiraram tudo daqui e esconderam em algum

[17] **Oficial de justiça** – Funcionário encarregado de tomar as providências ordenadas por um juiz.

lugar. Senhor oficial de justiça, prenda o mocinho, que ele sabe onde estão as coisas.

O oficial de justiça me pegou pela gola da camisa.

– Rapaz, se não disser onde estão os bens da casa de seu patrão, vai preso.

Nunca tinha me visto em tal situação. Tinha sido puxado pelo colarinho infinitas vezes, quando precisava mostrar o caminho ao cego. Mas era com muito menos força. Fiquei apavorado e, chorando, prometi responder ao que me perguntassem.

– Está bem – disse o oficial de justiça. – Diga, então, tudo o que sabe e não precisa ter medo.

O escrivão se sentou no banco de pedra para redigir o inventário. Perguntou-me quais eram os bens do meu patrão.

– Senhores – respondi –, os bens de meu amo, segundo o que ele me disse, são uma terra com casas e um pombal derrubado.

– Muito bem – disseram. – Por pouco que isso valha, há de cobrir a dívida. Em que parte da cidade fica isso?

– Na terra onde ele nasceu.

– Isso complica o assunto. Onde fica a terra dele?

– Em Castela-a-Velha, foi o que ele disse.

O oficial de justiça e o escrivão deram uma risada.

– Essa informação ajudará muito a cobrar a dívida, mas, sem dúvida, poderemos conseguir outras melhores que essa.

As vizinhas, que acompanhavam o interrogatório, intercederam por mim.

– Senhores, o menino é inocente. Veio há poucos dias para a casa do escudeiro. Não sabe dele mais do que sabem Vossas Mercês. O pobrezinho vinha à nossa casa e lhe dávamos de comer o que podíamos. Voltava à noite para dormir na casa de seu patrão.

Constatada minha inocência, fui liberado. Mas o oficial e o escrivão queriam ser pagos pelo trabalho. Teve início uma ruidosa discussão. O homem e a velha alegaram não ter obrigação de pagá-los, já que não havia ocorrido o embargo. O escrivão respondia que tinha perdido um negócio importante para atender ao chamado deles. A altercação se alongou. Por fim, depois de muita gritaria, carregaram o estrado, o miserável colchão e os trapos estendidos sobre ele. Não sei como foram divididas essas coisas, porque me afastei dali.

Foi assim, do jeito que contei, que me deixou o meu terceiro patrão, para que não restasse a menor dúvida sobre a má sorte que eu tinha. Comigo acontecia tudo ao contrário. O que costuma acontecer é que os criados deixem seus patrões. Mas, no meu caso, foi o meu patrão que fugiu de mim.

Tratado quarto

Como Lázaro trabalhou para um frade da Ordem das Mercês[18] *e o que aconteceu com ele.*

TIVE de procurar um quarto amo, e foi um frade da Ordem das Mercês. Fui encaminhado a ele pelas minhas vizinhas, que diziam ter relações de parentesco com o tal frade. Ele não era muito de orações nem gostava de comer no convento junto com os outros. Preferia andar pela cidade, fazendo toda sorte de visitas e envolvendo-se em negócios seculares. Tanto andava de um lado a outro da cidade, que, sozinho, gastava mais sapatos do que todos os outros

[18] **Ordem das Mercês** – Ordem fundada por São Pedro Nolasco em 1218.

religiosos do convento. Foi ele que me deu os primeiros sapatos que gastei em minha vida. Mas só duraram oito dias e, acompanhando as andanças desse novo amo, eu também fiquei meio gasto. Por essa razão e por outras, eu o deixei.

Tratado quinto

Como Lázaro trabalhou com um vendedor de bulas[19] *e as coisas que aconteceram com ele.*

MEU quinto amo, um vendedor de bulas, foi o homem mais esperto e sem-vergonha de todos os que conheci. Pior do que ele não conheci ninguém nem quero conhecer. Para vender suas bulas, encontrava mil maneiras e era capaz das invenções mais astutas.

[19] **Bula** – Documento pelo qual o papa, autoridade máxima da Igreja Católica, concedia permissão para que algumas proibições da Igreja não fossem respeitadas. Por exemplo, comprando-se uma bula, podia-se comer carne em dia em que era proibido fazê-lo.

Quando chegava aos lugares onde ia apresentar as bulas, a primeira coisa que fazia era presentear clérigos e padres com coisinhas de pouco valor: uma alface de Múrcia[20], se estava na estação, duas frutas, podiam ser laranjas, limas, pêssegos ou peras. Era assim que esperava agradá-los para que o ajudassem no negócio. O que queria era que eles chamassem os fiéis para que pudesse lhes vender as bulas.

Os padres recolhiam o dinheiro dos paroquianos e, quando vinham entregá-lo ao vendedor, este procurava descobrir os conhecimentos que os religiosos tinham. Se fossem cultos, o vendedor não falava com eles em latim, por medo de que percebessem os erros que cometia ao falar aquela língua. Expressava-se, então, em corretíssimo e desenvolto castelhano. Mas se percebia que eram do tipo que tem mais dinheiro que estudo, falava duas horas em latim, quer dizer, no que soava como latim, embora não fosse.

Se as pessoas não lhe comprassem as bulas por bem, compravam por mal. Para isso as incomodava e lançava mão de qualquer artifício que pudesse enganá-las. Eu levaria muito tempo para contar tudo o que vi o sujeito fazer. Vou contar só uma dele, muito engraçada, e que comprova muito bem sua competência.

Em um lugar da Sagra de Toledo[21], ele estava há dois ou três dias tentando vender suas bulas sem obter sucesso. Ninguém tinha comprado ainda e, pelo jeito, não pretendia comprar. Meu amo sentiu muita raiva e pensou no que deveria fazer. Teve a idéia de convidar todos para irem, na

---

[20] **Múrcia** – Município e hoje capital administrativa da Região de Múrcia, sudeste da Espanha.

[21] **Sagra** – Atual município de Numância da Sagra, na província de Toledo, na atual comunidade autônoma de Castela-La Mancha, região central da Espanha.

manhã seguinte, à igreja, ocasião em que distribuiria as bulas e, depois, deixaria a cidade.

Nessa noite, depois do jantar, ele e o oficial de justiça decidiram jogar a dinheiro para ver quem pagaria a última bebida. Os dois, porém, se desentenderam no jogo e começaram a discutir e a trocar ofensas graves. O vendedor de bulas chamou o parceiro de ladrão. O outro chamou-o de falsário.

Meu amo pegou uma faca, que estava em cima da mesa. O oficial pôs a mão na espada. Ao ouvirem o barulho e as vozes, acudiram hóspedes e vizinhos da pousada onde estávamos para apartar a briga. Os dois, enfurecidos, tentavam se livrar das pessoas que se metiam entre eles para impedir que se matassem.

Como não podiam usar as armas, continuaram a brigar com palavras. O oficial de justiça repetia sem parar que as bulas, os documentos que meu patrão vendia, eram falsas.

As pessoas resolveram retirar o oficial dali. A fúria do vendedor aumentou. Os outros hóspedes procuraram acalmá-lo, dizendo que o melhor a fazer era ir para a cama. Foram, então, todos embora e nós fomos dormir.

Na manhã seguinte, meu amo foi à igreja e pediu ao padre que anunciasse que iria distribuir as bulas. As pessoas andavam comentando que aquelas bulas eram falsas e que o oficial de justiça garantia isso. Se, antes, tinham pouca vontade de comprá-las, depois da briga dos dois, passaram a não ter nenhuma.

Meu amo tomou a palavra e se dirigiu a todos, tentando convencê-los de que aquelas santas bulas que vendia só lhes trariam coisas boas. Estava no meio dessa pregação, quando seu inimigo entrou na igreja. O oficial de justiça fez, então, uma oração em silêncio, levantou-se e, em voz alta e serena, disse pausadamente:

– Ouçam o que tenho a dizer e, depois, dêem ouvidos a quem quiserem. Vim até aqui, com esse mentiroso que está pregando a vocês, porque ele me pediu que o ajudasse nesse negócio das bulas e prometeu que repartiríamos o ganho. Diante do mal que uma coisa dessas faria à minha consciência, e aos bolsos dos senhores, arrependido, peço perdão pelo que pretendia fazer. Declaro publicamente que as bulas que esse homem vende são falsas. Não creiam nele, não comprem o que vende. E, deste momento em diante, não sou mais oficial de justiça. Não mereço sê-lo. Se algum dia for castigado por falsidade, sejam testemunhas de que não estou com esse sujeito nem lhe dou apoio. Ao contrário, eu o acuso e proclamo sua maldade.

Enquanto assim falava, alguns homens quiseram se levantar e levar o oficial para fora da igreja para acabar com o escândalo. Meu amo interferiu. Pediu que deixassem o oficial de justiça dizer tudo o que quisesse. Ele também ouviu em silêncio o que seu inimigo tinha a dizer. Quando o oponente se calou, meu amo lhe perguntou se desejava dizer alguma coisa mais.

– Tenho muitas coisas a dizer sobre você e suas mentiras – disse o homem –, mas, por hoje, disse o bastante.

O vendedor de bulas pôs-se de joelhos, uniu as mãos e, olhando para o céu, disse:

– Senhor Deus, que vedes todas as coisas e a quem nada é impossível, Vós sabeis toda a verdade e quanto estou sendo injustamente acusado. Mas eu perdôo aquele que me acusa para que por Vós eu seja também perdoado. Não olheis a meu inimigo, Senhor, que ele não sabe o que faz nem o que diz. Mas tornai clara, eu suplico, a injúria feita a Vós. Várias pessoas que pensavam comprar as bulas, por causa das falsas palavras daquele homem, já não irão fazê-lo. Para isso, peço-Vos ajuda. Mostrai onde está a culpa e onde reside a verdade, agindo desta maneira: se meu acusador diz a verdade, se, de fato, sou falso e sou mau, fazei com que afunde o chão que piso, para que eu desapareça coberto de terra. Mas, se é verdade o que digo e ele mente, e assim fazendo priva os que aqui estão de um grande bem, que ele seja castigado, para que todos os presentes percebam a sua malícia.

Meu devoto patrão mal havia acabado a prece e o oficial se foi ao chão. A queda foi tão forte, que ressoou pela igreja. Gritava, saía-lhe espuma pela boca, contorcia o rosto, revirava os olhos, batia os pés e as mãos, rolava de um lado a outro no chão.

Todos falavam ao mesmo tempo e ninguém ouvia ninguém. Havia gente muito assustada. Uns diziam: "Deus o ajude e proteja". Outros: "Bem-feito, era falso testemunho!"

Finalmente, algumas pessoas, mesmo com medo, se aproximaram do homem e lhe seguraram os braços, que procuravam atingir a quem estivesse por perto. O mesmo fizeram com as pernas, pois ele dava coices como se fosse uma mula.

E assim ficaram, um bom tempo, mais de quinze homens sobre ele e, caso se descuidassem, poderiam levar golpes.

Enquanto isso, meu amo permanecia de joelhos, com as mãos e os olhos em direção ao céu, transportado ao mundo divino. Não se deixava perturbar pela agitação na igreja.

Alguns homens se aproximaram dele, interromperam sua oração e pediram que viesse socorrer o miserável que parecia estar morrendo. Suplicaram a ele que esquecesse o ocorrido e as maldosas palavras pelas quais o oficial já havia pago. Declararam já ter visto com clareza quem era o culpado e quem estava do lado da verdade.

Meu amo, como quem desperta de um belo sonho, olhou para eles, depois olhou para o oficial de justiça, e disse tranqüilamente:

– Homens bons como vocês não deveriam rezar por um sujeito como ele. Mas Deus manda que não se pague o mal com o mal e que perdoemos as injúrias que nos fazem. Por isso, peço a Deus que perdoe quem me ofendeu e, todos juntos, vamos rezar por isso.

O vendedor de bulas pediu a todos que, com a maior devoção, suplicassem a Nosso Senhor que perdoasse e regenerasse aquele homem, de modo que pudesse voltar ao caminho de Deus. Todos se puseram de joelhos e meu amo começou a dizer uma longa e comovente oração que levou muitos às lágrimas. Pediu pela vida e pela saúde do oficial de justiça e, também, para que se arrependesse de todos os pecados cometidos.

Então, mandou trazer a bula e a pôs sobre a cabeça do oficial de justiça, que, pouco a pouco, foi se sentindo melhor e abriu os olhos. Quando se sentiu recuperado, jogou-se aos pés do meu amo e começou a pedir a ele que o perdoasse. Disse que tinha sido o demônio que falara por meio da boca dele, a fim de evitar o bem que seria a venda das bulas.

O senhor meu amo o perdoou e foram feitas as pazes entre os dois. As pessoas tiveram tanta pressa para comprar as bulas, que não houve quem ficasse sem elas: marido e mulher, filhos e filhas, criados e criadas, todos garantiram a sua.

A história se espalhou pelos arredores. Quando chegávamos a uma cidade vizinha, meu amo nem precisava ir à igreja falar das bulas para vendê-las. Mal chegávamos, as pessoas corriam à pousada atrás delas, como se fossem de graça. E foi assim em dez ou doze lugares aonde fomos. Meu patrão vendeu mais outras mil bulas sem precisar dizer uma palavra.

No dia daquela encenação na igreja, confesso que eu, como muitos, fiquei assustado, pois acreditei que tudo aquilo era verdade. Mas, depois, quando vi meu amo e o oficial de justiça rindo muito de como tinham feito o negócio dar certo, entendi que tudo tinha sido concebido por meu inventivo patrão.

Naquela época, eu era um meninote e achei tudo muito engraçado, mas pensei: "quantos enganadores deve haver que abusam da inocência de gente boa como esta".

Estive com esse meu quinto amo por quase quatro meses, nos quais passei também por algumas adversidades, embora comesse bem, graças aos padres dos lugares por onde ele andava.

Tratado sexto

Como Lázaro foi trabalhar com um capelão e do que se passou com ele.

DEPOIS disso, servi a um pintor por um tempo, ajudando-o a preparar as cores, e com ele também sofri minhas penas.

Como, naquele tempo, já não era mais menino, um dia, entrei na igreja matriz e um capelão me tomou como criado. Ele me deu um burro, quatro cântaros e um açoite e comecei a distribuir água pela cidade. Esse foi o primeiro degrau que subi para alcançar a boa vida.

A cada dia, dava a meu amo 30 moedas[22]. Aos sábados, o que ganhava era para mim. Além disso, de segunda a sexta, era meu tudo o que ganhava fora as 30 moedas.

Tão bem eu me saí nesse ofício, que, em quatro anos, havia economizado o suficiente para me vestir com decência, embora com roupa usada.

Comprei gibão, capa e uma espada antiga. Quando me vi vestido como um fidalgo, disse ao capelão que podia ficar com seu burro, porque eu não queria mais aquele trabalho.

[22] **Moeda** – No original, *maravedí*, moeda espanhola que teve diferentes valores e tipos: de ouro, de prata, entre outros.

Tratado sétimo

Como Lázaro foi trabalhar com um oficial de justiça e o que aconteceu com ele.

DESPEDI-ME do capelão e fui trabalhar com um oficial de justiça. Mas vivi pouco tempo com ele, porque o trabalho me pareceu perigoso. Uma noite, uns fugitivos correram atrás de meu patrão e de mim, armados de paus e pedras. Meu patrão ficou para trás, eles o pegaram e o trataram muito mal. A mim não apanharam porque saí correndo. Resolvi desfazer o trato.

Estava me perguntando de que modo poderia viver para ter algum descanso, e guardar algum dinheiro para a velhice, quando Deus quis me iluminar e me pôr no caminho certo. Com a ajuda de amigos e senhores, fui compensado por todos os trabalhos e desventuras que, até então, tinha passado. Consegui o que procurei: um ofício real[23]. Via que só as pessoas que o tinham viviam bem.

Assim vivo hoje, a serviço de Deus. Meu trabalho é apregoar os vinhos que nesta cidade são vendidos. Também acompanho pelas ruas os condenados, explicando ao público os seus delitos. Enfim, para chamar as coisas por seus devidos nomes, o que sou é pregoeiro[24].

Sou tão bom em meu trabalho, que não há, na cidade, vinho ou qualquer outra coisa que se queira vender, que não passe por minhas mãos. Se Lázaro de Tormes não se ocupa do assunto, temem que o negócio não saia bem.

O arcipreste[25] de São Salvador, meu senhor, soube de mim porque eu apregoava seus vinhos. Quis que eu casasse com uma criada sua. E como achei que de uma pessoa como ele só poderia vir algo bom, concordei. Assim, casei com ela e até hoje não me arrependi.

Além de ser boa moça, ela é muito trabalhadeira e sempre recebo ajudas importantes do senhor arcipreste. Em várias ocasiões do ano, ele se lembra de nos dar presentes: pão, carne, roupas que deixa de usar. E nos fez alugar uma casinha perto da dele. Aos domingos e dias de festa, comemos juntos.

Más línguas, porém, sempre houve e haverá. Certas gentes não nos deixam viver tranqüilos, dizendo não sei o quê,

---

[23] **Ofício real** – Emprego pago pela administração real.

[24] **Pregoeiro** – Aquele que apregoa as mercadorias em um leilão, o mesmo que leiloeiro.

[25] **Arcipreste** – Sacerdote graduado que exerce certos poderes, como assistir ou substituir o bispo.

que vêem minha mulher fazer a cama do arcipreste e lhe preparar a comida. Que Deus ajude a quem fala, porque o que dizem é verdade.

Mas ela não é do tipo de mulher que engana seu marido. Além disso, meu senhor me prometeu o que, penso, vai cumprir. Um dia, diante dela, ele me falou longamente.

– Lázaro de Tormes – ele disse –, quem dá ouvidos às más línguas não consegue ser ninguém. Digo isso porque, ao verem sua mulher entrar e sair de minha casa, as pessoas podem falar. Mas ela, ao entrar e ao sair, não põe em risco sua honra nem a de seu marido. Portanto, não escute o que essa gente diz e se preocupe só com o que interessa.

– Senhor – respondi –, há muito tempo decidi ficar do lado dos bons. É verdade que alguns dos meus amigos me falaram algo a respeito e, por mais de três vezes, me garantiram que, antes de ela ter se casado comigo, pariu três vezes e mais não digo para não incomodá-lo e por ela estar em nossa presença.

Minha mulher se pôs a gritar e a jurar. Até pensei que a casa ia desabar. Depois, caiu em prantos e começou a amaldiçoar a pessoa que a tinha casado comigo. Teria sido melhor ter morrido antes de eu ter dito aquelas palavras. Mas, no fim, eu de um lado e meu patrão do outro, conseguimos acalmá-la. Prometi nunca mais voltar a tocar no assunto. Repeti algumas vezes que estava tudo bem, que ela podia entrar e sair da casa dele, fosse de noite ou de dia, pois tinha confiança nela. Assim, ficamos os três contentes.

Até o dia de hoje, ninguém jamais nos ouviu falar no assunto. E, quando percebo que alguém quer falar algo dela, eu me adianto e lhe digo:

– Olhe, se é meu amigo, não venha contar coisas que me causem desgosto. Quem é meu amigo não me conta nada que me faça sofrer, principalmente coisas para me indispor com minha mulher, que é o que eu mais quero e amo neste mundo. Amo-a mais que a mim mesmo. Todos os dias, dou graças a Deus por tê-la, pois sei que é uma boa mulher. E, se alguém disser algo diferente, terei que matá-lo.

Desse modo, não me dizem nada e eu vivo tranqüilo em minha casa.

Tudo isso ocorreu no ano em que nosso vitorioso imperador[26] entrou na cidade de Toledo e houve grandes festas, como, com certeza, sabe. Nessa época eu vivia com prosperidade e tinha, por fim, conseguido a boa sorte.

[26] **Nosso vitorioso imperador** – Carlos I da Espanha e V da Alemanha, ou melhor, do então Sacro Império Romano Germânico, viveu entre 1500 e 1558. Entrou triunfalmente em Toledo em 1538.

No rastro de um andarilho

LIGIA CADEMARTORI

COMO estudante em escola de irmãs teresianas, congregação de origem espanhola, em Santana do Livramento, no Rio Grande do Sul, meu encontro com Lazarilho era inevitável e ocorreu muito cedo. No entanto, fui apresentada ao personagem, e não à obra. Episódios como o do roubo da lingüiça, o da divisão do cacho de uvas ou o da cópia da chave da arca apareciam em trechos no livro de língua castelhana. Antes disso, porém, muitos alunos já o conheciam por relato oral, feito por uma professora que gostava de literatura e sabia como estimular seus alunos a ler.

No entanto, nunca encontrei o livro na biblioteca da escola nem em minha casa, onde havia muitos livros. Meu encontro com o texto *A vida de Lazarilho de Tormes* só se deu quando já era adulta. Compreendi, então, por que só nos eram apresentadas passagens da obra. Havia a questão de ser escrito em linguagem do século XVI, o período mais brilhante da literatura espanhola, chamado de Idade de Ouro, mas de expressão inacessível a jovens estudantes. Contudo, essa não era a razão principal.

Naquele tempo, quando se tratava de indicar livros para jovens, a preocupação moralizante vinha antes do valor literário, comportamento disfarçado nas classificações de "adequado" ou "não adequado" para leitores juvenis. Se essa era uma orientação da escola que, por sorte, nunca foi adotada por meus pais

– a eles o que interessava era formar uma filha leitora – eles devem ter esbarrado na falta de oferta editorial.

Lazarilho de Tormes é obra distante de qualquer idealização da vida. Não mostra o melhor lado do homem. O narrador critica e satiriza de forma impiedosa as instituições. Além disso, o desfecho da novela, ao insinuar adultério com a complacência interesseira do marido, sem dúvida colocava a obra muito além do que, em tempos conservadores, era permitido aos estudantes conhecer.

Só muito depois soube da importância dessa obra para a história da literatura ocidental, considerada que é, por muitos críticos, sua pedra fundadora. Traduzi-la e adaptá-la à linguagem contemporânea teve o gosto de recuperar um relato que habita minha memória, e levá-lo ao jovem leitor de hoje, que lê de tudo, livre de cerceamentos.

Aprendiz do mundo

Bate-papo pós-leitura

LUIZ ANTONIO AGUIAR

PODE não ser por acaso que *Lazarilho*, ou *A vida de Lazarilho de Tormes, e de suas fortunas e adversidades,* seja uma obra anônima. Por mais hipóteses a respeito de quem a teria escrito, não se conseguiu chegar a uma conclusão. No mínimo, poderíamos nos perguntar se não é coerente que o autor de um texto mordaz como este tenha se preocupado em ocultar sua identidade. Trata-se, claro, de uma especulação, mas, além de satirizar algumas das mais importantes instituições da Espanha do século XVI, em plena vigência da Inquisição, *Lazarilho* é uma obra que não adoça o mundo, nem transmite mensagens edificantes. Não deveria ser uma literatura usual em seu tempo, nem a mais enaltecida.

O fato de ainda a lermos com prazer coloca mais uma indagação. O que há de mais profundo em *Lazarilho*, tanto no aspecto humano quanto no social, que nos ajuda a compreender a realidade atual?

Lázaro de Tormes recebeu seu sobrenome por ter nascido praticamente dentro do rio Tormes. Como se lhe tivessem dado este sobrenome na falta de outro melhor. Parece, portanto, predestinado a ser uma criatura sem eira nem beira. Cedido pela mãe a um cego, inicia com esse seu primeiro amo um aprendizado à base de fome e pancada, que logo vai lhe ensinar algumas leis da sobrevivência. Em sua pobreza, o cego engana quem pode para ir tocando a vida, e Lázaro, que não recebe do patrão o mínimo indispensável, rouba dele para não morrer de inanição. Está formada a inclemente cadeia de subsistência. E estabelecido que Lázaro não será um herói do tipo virtuoso que serviria de exemplo de como resistir, incorruptível, às tentações e adversidades para alcançar a felicidade. Se não aqui, na outra vida.

O autor tampouco dotou Lázaro de algo como uma consciência crítica, da maneira como idealizamos a consciência de um oprimido em relação às causas da opressão que sofre. Como se aceitasse as lições do mundo como algo natural, ele não questiona as razões sociais, políticas ou econômicas de o mundo tratá-lo de maneira tão indiferente. Não culpa o destino. Não se insurge contra a ordem das coisas. Apenas, quando já não suporta os maus-tratos impostos por algum de seus patrões, comete alguma vingança – e sai em busca de novo patrão, que vai tratá-lo ainda pior que o anterior.

Mesmo quando se torna pregoeiro, é usado por seu patrão, que lhe arranja o casamento com uma criada sua; na verdade, ele se vale de Lázaro para acobertar que a criada era e continuará sendo sua amante. Como sofrimento e privação não geram enobrecimento, nesta história, Lázaro a tudo se acomoda. No entanto, é um personagem ambíguo. Talvez menos ingênuo do que quer dar a parecer aos que podem mais do que ele, declara: “há muito tempo decidi ficar do lado dos bons”. Pode-se entender esses “bons” como poderosos ou ricos. Lázaro está apenas pondo em prática o que aprendeu do mundo:

enquanto a esposa entra e sai à vontade da casa do seu patrão, Lázaro aceita dele presentes ("pão, carne, roupas que deixa de usar. E nos fez alugar uma casinha perto da dele"). Mas, talvez, essa conformidade de Lázaro, que espelha alienação ou esperteza, inocência ou conivência, lhe tenha garantido, já mais para a frente, "prosperidade" e "boa sorte".

Portanto, sua trajetória tem certo teor trágico – o destino que não pode ser mudado pela pessoa que o vivencia. Que molda as pessoas a ponto de, na falta de um nome de família bem aquinhoado (que devesse e valesse a pena guardar, portar orgulhosamente), receber o nome do rio junto do qual nasceu. São as circunstâncias que determinam sempre quem Lázaro é ou quem ele é capaz de ser. Assim como ele não vislumbra alternativa, a não ser procurar um amo atrás do outro. Parece, sim, fadado a não ser jamais amo de si próprio. Mesmo na prosperidade, terá ele finalmente se assenhoreado da própria vida? Pouco provável, parece condenado a essa impossibilidade.

Notável é que de um material tão melancólico (e patético) se tenha conseguido compor a imagem de um Lázaro picaresco, cômico. Assim como a do cego, a do escudeiro, a do vendedor de bulas, o mais "sem-vergonha de todos os que conheci". O ridículo a que são expostos os une: são tipos característicos de uma sociedade e de uma época em que ou se nascia em berço de ouro ou se sucumbia ou se aprendia a lição do mundo, como Lazarilho.

Na Espanha ainda feudal do século XVI, a definição de papéis sociais e o acesso a privilégios seriam muito mais rígidos que hoje em dia. No entanto, é sempre possível reconhecer, tanto no Lázaro esperto como no alienado, no embate entre a pobreza e a lei do mais forte, em todos os demais personagens e seu contexto, imagens familiares à realidade atual. Afinal, é isso que torna uma obra um clássico.

Quem é Ligia Cademartori

NASCI em Santana do Livramento, na fronteira do Brasil com o Uruguai. Sou brasileira por questão de metros. Olha no mapa. A gente estava quase saindo do Brasil (ou entrando). Lá é uma verdadeira mistura cultural. Havia colégios de madres teresianas dos dois lados da fronteira: um para as meninas uruguaias, outro para as brasileiras. O engraçado era que, mesmo assim, nós, as brasileiras, só tínhamos aulas em português nas disciplinas de língua portuguesa (óbvio!) e de história do Brasil. Nas demais, *mixtura, mezcla,* mistura, mescla. Aula de inglês, de francês, de latim... com professoras espanholas.

A importância que a literatura sempre teve em minha vida condicionou, desde cedo, minha formação. Fiz doutoramento em Teoria da Literatura. Sou autora de livros de análise e crítica literária, assim como de artigos sobre o tema para jornais e revistas. Fui professora na Universidade de Caxias do Sul e na Universidade de Brasília – UnB.

Tenho traduzido obras para o público jovem, como *O médico e o monstro,* de Robert Louis Stevenson; *Um estudo em vermelho,* de Conan Doyle; *O naufrágio do Golden Mary,* de Charles Dickens e Wilkie Collins. Pela tradução desta última, integrei a Lista de Honra do IBBY – International Board on Books for Young People, em 1992.

Quem é Paula Mastroberti

SOU apaixonada por tudo o que se compõe de palavras e imagens, desde histórias em quadrinhos até filmes e desenhos animados. Nasci em Porto Alegre e, adolescente, gostava de produzir HQs. Foi só a partir do meu ingresso na Universidade Federal, onde cursei Artes Plásticas, que deixei a palavra um pouco de lado para explorar melhor a linguagem visual, expondo em galerias de arte, no meu estado e fora dele. Também trabalhei em cinema de animação. Em 1995, escrevi e ilustrei meu primeiro livro. Daí não parei mais: já são sete livros publicados até o momento, além de trabalhos de ilustração para outros autores e algumas premiações. Ah! Também criei o meu próprio *site*: www.mastroberti.art.br . Através dele você pode ter uma idéia mais completa do meu trabalho.

Para quem escreve e ilustra, fica difícil dizer o que é mais importante: a imagem ou a palavra? Eu persigo a idéia do livro como objeto de arte – olha aí meu lado de artista plástica! Desde a capa até o conteúdo, pra mim o livro é um suporte importante e faz parte da arte de narrar histórias. Acredito que o poder da boa ilustração reside na capacidade de revelar o que o texto não diz, de dar uma dimensão ao voyeurismo do leitor que quer ver o que está sendo narrado. E – por que não? – deixar o livro mais bonito.

Impresso nas oficinas da

EDITORA FTD S.A.

Avenida Antonio Bardella, 300
Fones: (0-XX-11) 6412-1905 e
(0-XX-11) 6412-8099
07220-020 - GUARULHOS (SP)